Mon Café

몽 카페

: 파리에서 마주친 우연의 기록

신유진 지음

시간의흐름。

프랑스, 파리

어느 카페에서

프롤로그:
취향에 맞는 카페

파리의 낯선 동네를 걷다가 어느 카페에 들어갈지 정하는
것만큼 나라는 사람의 복잡함을 드러내는 일이 없다. 좋은
카페에 가고 싶은 마음은 있으면서, 좋은 카페를 찾기 위한
어떤 노력도(블로그를 뒤지거나 지인 혹은 동네 사람에게
묻는 일) 하지 않는다. 나는 그저 우연처럼 그곳을 만나길
바라며, 여기저기 기웃거리다 지쳐 결국 아무 데나 들어가서
아무것이나 마시고 만다. 커피 한 잔 마시는데 괜히 진을
뺐다고 후회하면서…….

　　좋은 카페에 가고 싶지만, 어떤 카페가 좋은 카페인지
생각해본 적은 없다. 너무 화려하고 예쁜 카페는 불편하고,
유명한 카페는 지나치게 붐비고, 촌스러운 카페는 속상하다.
다만 카페를 고를 때 커피 맛보다 더 중요한 것을 꼽자면,
그건 너무 딱딱하지도 너무 파묻히지도 않는 적당한 쿠션감의
의자. 말하자면 화목한 가정집에 놓인 식탁 의자 같은 것.

　　의자가 편한 카페를 찾는 일은 커피가 맛있는 카페를
찾기보다 더 어렵다. 파리의 카페 대부분은 의자와 테이블에
인색하고, 파리지앵들은 그 좁은 공간에서 요기들처럼
우아하게 몸을 비틀고 앉아 여유를 부리는 재주가 있으니까.

　　그렇다고 커피가 맛있는 카페를 찾는 일은 쉬웠던가?
그렇지도 않다. 파리의 커피 맛은 대체로 비슷했고 크게
실패할 일도, 크게 성공할 일도 없었다. 사실 그곳에 사는

동안 단 한 번도 '커피 맛집'을 찾아다니는 사람을 만난 적은
없었던 것 같다. '케냐산 최고급 원두'를 써 붙인 카페도,
심지어 우유 크림으로 하트를 만들어주는 곳도 없었으며,
(분명 지금은 그런 곳들이 있을 것이다. 이 글은 매우 제한적
활동 범위를 가진 인간의 오래된 이야기에 불과하다는 사실을
알아주기를) 커피잔에 신경을 쓰는 곳도 많지 않았다. 어디나
비슷한 커피 맛에, 어디서나 볼 수 있는 흔한 커피잔에
무심하게 툭. 가끔은 무심하다 못해 무례하게 툭툭.

　　조금 특별한 카페를 말하자면, 그곳은 비싼 원두를
사용하거나 특별한 커피잔 혹은 스푼을 사용해서가 아니라,
그곳이 가진 전통과 커피를 만들고 나르는 사람의 자부심에
달린 것이라 할 수 있겠다. 비싼 카페일수록 커피를 나르는
갸르송(garçon: 프랑스에서 전통적으로 카페에서 일하는
사람을 부르는 말)의 고개와 허리가 뻣뻣하다. '사랑합니다,
고객님, 무엇을 드릴까요?'가 아니라 '친애하는 갸르송님,
제게 커피 한 잔을 주시겠습니까?'에 가깝다. '사랑합니다,
고객님'이라니…… 제아무리 자본주의가 프랑스의 혁명
정신을 이겼다지만, 내가 아는 프랑스인들은 절대 그럴 리
없다. 사랑이라니, 침대에서도 하지 않는 말을……. 물론
커피 한 잔을 마시면서 생판 모르는 사람에게 사랑 고백을
듣고 싶진 않다. 일회용 커피잔에 내 이름을 쓰는 일도,
번호로 불리는 것도 달갑지 않다(마치 전쟁 중에 배급을 받는
기분이다. 과한 친절과 지나친 수다도 싫다). 낯선 사람과
말하는 일은 일종의 노동이 되기도 한다.

　　내가 원하는 카페는 파리의 풍경을 볼 수 있는 곳, 그렇게
잠시 머물다가 나 자신이 풍경이 되는 곳이다. 풍경은 적절한

거리를 요구한다. 대상을 실제보다 더 아름답게 바라보기
위해서는 대상과 나 사이에 약간의 왜곡과 굴절이 이뤄질
수 있는 공간이 필요하다. 일상을 아주 조금 왜곡하고
굴절시킬 수 있는 공간, 내게는 그런 카페가 이상적이다.
그러니 내가 얼마나 복잡한 사람인가, 내 인생은 얼마나
피곤하겠는가…….

        파리에서 이십대와 삼십대를 보내면서 단골 카페 하나
만들지 못했으니, 그곳에서 산 세월은 인생의 방황기이자
취향의 방황기라 할 수 있다. 나는 파리의 숱한 카페를
돌아다녔고, 카페마다 커피 맛이 대략 비슷하다는 결론을
내렸으며, 카페에서 누군가 내게 말을 거는 것도, 아무도 말을
걸지 않아 외로움에 몸서리를 치는 것도 싫어한다는 사실을
깨달았다. 나는 무엇인지도 모를 무언가를 찾느라 꽤 오랜
시간을 바쳤고, 내가 찾아 헤맨 무언가 속에는 분명 나의
취향을 완벽히 반영한 카페도 있었으리라. 여기, 지금 카페를
전전하던 내가 풍경처럼 펼쳐진다. 모든 것이 지나간 지금,
나는 비로소 풍경이 된 모양이다.

        단골 카페는 만들지 못했지만, 딱 한 번 취향에 맞는
카페를 만난 적은 있다. 주택가의 골목 귀퉁이에 숨어 있던
'소박하게'라는 이름의 카페였다. 이름처럼 소박하게 테이블
세 개가 전부였는데, 무엇보다 몸과 시간을 마음 놓고 내맡길
수 있을 만큼 편안한 의자가 있었다. 나는 그곳에 앉아 해가
저물고 여름이 물러나는 것을 봤다. 가로등이 켜졌고, 고양이
한 마리가 총총걸음으로 계단을 올랐다. 내가 봤던 그때 그
모습을 그림으로 그린다면, 이렇게 제목을 붙일 것이다.

        '모두 집으로 돌아가고 남은 것들.'
        커피가 너무 빨리 사라지는 게 싫어서 에스프레소가 아닌
카페 알롱제(Café allongé: 에스프레소에 물을 탄 것, 프랑스식

아메리카노로 일반 아메리카노보다 물이 훨씬 적다)를 시켰다. 적절하게 진했고 적당히 깊었다. 카페 주인에게 커피가 너무 맛있다고 용기를 내어 말을 걸었다. 그는 마른 수건으로 잔을 닦으며 시큰둥한 얼굴로 "그런 날이 있지"라고 대답했다.

그런 날에 만난 취향에 맞는 카페를 구구절절이 쓰고 싶지만, 더는 할 말이 없는 것은 기억의 나이 탓이 아니라, 여전히 '그런 날'을 설명할 재간이 없기 때문이다. 모두가 돌아가고 남은 것들이, 저물고 물러나는 것들이 모두 내 편에 있었던 날, 적절한 왜곡과 굴절을 거쳐 아름답게 남은 스물한 살의 내가 있던 '그런 날'은 이제 과거 속에서만 생생하다. 그러니 걸음을 멈추고 뒤돌아보면 '그런 날'들이 보일까?

이렇게 쓰고 나니 카페는 없고 내 이야기만 남았다.
카페 이야기를 써야 하는데.

차 례

샤틀레, 어느 카페에서

엄청난 인파다. 파리에서 샤틀레만큼 복잡한 곳이 또 있을까?
사이렌 소리가 5분 간격으로 한 번씩 들린다.
쇼핑백을 든 관광객 무리가 카페 건너편에 서 있다.
어디선가 댄스 배틀이 열린 걸까?
쿵쿵거리는 힙합 음악과 환호 소리가 들려온다.
버스가 도착했다. 사람들이 쏟아져 나온다.
저들 중 아는 사람은 하나도 없다.
우연히 누군가를 마주칠 일도 없다.
나는 혼자 커피를 마신다.

남은 것

쓰고 싶지 않은 사람이 있다. 쓰지 않으면 그와 함께 파리의
한 조각이 사라져버리는 사람이다. 나는 지금 그 사람을 쓰지
않고, 그 사람과 함께 걸었던 파리와 우리가 즐겨 찾았던
카페를 쓰는 방법을 고민하고 있다.

　기억의 걸음이 닿는 곳곳에 그 사람이 있다. 보폭을 맞춰
걸었던 좁은 골목과 봄이 도래했던 센(Seine) 강, 초록의
그늘 사이로 불었던 바람. 그리고 작은 문을 빼꼼히 열어 둔
마레의 어느 카페.

　나는 그 카페를 둘러싼 풍경이라면 자신 있게 그릴 수
있다. 봄바람의 결대로 흔들리는 나뭇가지나 조금 상기된
사람들의 얼굴과 겨울을 앓고 자란 그들의 머리카락,
빈티지 숍의 냄새 혹은 묵직한 대문이 열고 닫히는 소리,
그 사람의 팔자걸음까지(팔자걸음이란 것을 밝히는 게
당신의 환상을 깰지도 모르겠지만, 나는 이 글에 거짓 로맨스를
부여하고 싶지 않다). 거리에는 피아노 연주나 기타 연주,
노랫소리가 울려 퍼졌다. 어디를 갈지 정하지 않아도,
약속하지 않아도 우리의 걸음은 자연스레 그곳으로 향했다.
언젠가 케이블 TV에서 본 에로 영화 속 주인공을 닮은
남자가 커피를 나르던 그 카페로.

　카페에는 상처가 많은 나무 테이블이 있었다.
호두나무였다. 그는 자주 테이블에 얼굴을 묻었고, 나는

습관처럼 테이블의 상처를 만지작거렸다. 그는 그 테이블에서 호두과자 냄새가 난다고 했다. 기차에서 호두과자를 먹다가 과자가 목에 걸려 죽을 뻔했다는 그의 이야기는 분명 거짓말이었을 테지만, 나는 그 거짓말이 싫지 않았다. 그의 사소한 거짓말에는 악의가 없었으니까. 작은 호두과자처럼 무해했으니까…….

호두나무 테이블을 좋아했다. 내가 아니라 그 사람이. 아니 그 사람이 아니라 내가. 그 시절 둘의 기억은 복잡하게 얽혀 있어 쉽게 주인을 찾을 수 없다. 호두나무 테이블을 좋아했던 기억은 누구의 것일까?

그러니까 기억을 조금 더 풀어보자면 한쪽은 나무 테이블을, 다른 한쪽은 테이블의 상처를 좋아했다. 그리고 다시 테이블의 상처를, 나무 테이블을 좋아하게 됐다. 그 카페에는 우리가 좋아했고 좋아하게 된 것들이 많았다. 나무 테이블과 테이블의 상처와 호두과자 냄새, 그리고 에로 영화 속 남자 주인공을 닮은 카페 주인까지. 그 사람에 관해서는 얼마든지 쓰지 않을 수 있지만, 한때 좋아했고 좋아하게 된 것들은 어쩔 도리가 없다. 기억에 지분이란 것이 있다면 그 기억의 반은 내 것이기도 하니. 혹여 나머지 반이 그의 것이라면 하루라도 빨리 가져가기를.

그가 좋아했던 것과 내가 좋아했던 것을 분리하면 그가 빠진 이야기를 쓸 수 있을까? 예를 들자면 나무 테이블은 그의 것으로, 나무 테이블의 상처는 내 것으로. 그렇게 나무 테이블의 상처만을 가져온다면……. 이제부터 나는 나무 테이블의 상처만을 이야기할 것이다.

나무 테이블의 상처는 처음부터 그곳에 있었다. 물론 나무 테이블의 처음을 말하는 것은 아니다. 그러니까 우리의 처음, 우리가 그곳에서 마주 앉았던 날부터 상처는 이미

존재했다. 그는 테이블에 얼굴을 묻으면서 우리가 몇 번
마주쳤던 일들에 대해 말했고, 나는 그가 말하는 마주침이
무엇을 말하는지 잘 알고 있었지만 그런 일에 호들갑을
떨다가 운명론자처럼 보이는 게 싫어 대꾸 없이 상처만
만지작거렸다. 그는 '몇 번이나'라는 말에 밑줄을 긋듯 힘주어
말했고, 나는 조심스레 그 몇 번을 '우연'이라 불렀다.

　"그래, 우연!"

　그가 우연이라는 말에 활짝 웃었다. 그때 우연을

우연으로 두는 편이 좋았을 텐데…….

　그날 카페의 나무 테이블 앞에서 나는 촉감의 분석가가
됐고, 그는 냄새의 관찰자가 되어 서로의 것을 반씩 나눴다.
내가 만진 상처에는 까칠한 가시가 있었고, 그가 맡은
냄새에는 죽을 뻔한 기억이 있어서, 나의 촉각은 그를
예민하게 만들었고, 그의 후각은 나를 우울한 기억으로
밀어 넣었다. 우리는 매일, 함께 나락으로 떨어졌다. 그러니
환자들끼리는 만나는 게 아니었는데…….

　부질없는 후회다. 지금은 그저 나무 테이블이 아닌, 나무
테이블의 상처만을 이야기해야 한다.

　테이블의 상처는 사랑하다 생긴 상처다. 사랑하는 이의
이름을, 마음을 새겨 넣으려다 실패한 상처다. 속없는 사람의
대책 없는 애정은 뭐 그리 까슬하고 아픈 것인지. 술이 안
깬 얼굴을 마주하며, 지난밤에 주고받았던 폭언을 사과하는
일만큼이나. 달라지지 않을 사람이라는 것을 받아들이는
것만큼이나.

　우리는 마레의 어느 카페에서 우연을 핑계 대며 만났고,
마레의 길바닥에서 그 우연을 저주하며 헤어졌다. 참 거지
같은 이별이었는데……. 카페라도 갔어야 했을까. 나무

테이블 위에 놓인 둥근 찻잔을 만지며, 할 말을 고민하다가 골목 깊숙이 퍼지는 노랫소리나 봄을 안은 바람이 더는 우리에게 어떤 마법도 부릴 수 없다는 사실을 확인하고 나왔어야 했을까. 그랬으면 내게 욕이라도 내뱉을 것 같았던 그의 표정이 그 낭만적인 길에서 살며시 지워졌을까.

　　우리가 함께했던 파리와 카페에서 그 사람을 빼면, 날짜를 말할 수 없는 봄과 마레의 거리, 호두나무 테이블의 한쪽 자리, 그리고 테이블의 상처가 남는다.

　　쓰고 싶지 않은 사람을 뺐는데, 그 사람의 것을 삭제했는데, 그런데도 아직 그가 남아 있는 이유를 당신은 눈치챘을까? 그러니까 '우리'라는 주어, 여기 줄줄이 적힌 문장에 여전히 '우리'가 남았다는 사실을 당신은 알았을까? 우리라니 우스운 말이다. 이제 우리는 사라졌는데…….

　　다시, 우리를 뺀다. 봄날, 마레의 작은 카페다. 호두나무 테이블에는 상처가 있다. 사랑하다 생긴 상처다. 상처에서는 호두과자 냄새가 난다. 아직 호두과자 냄새가 희미하게 남았다.

가장자리 사람

카페에 들어가면 가장자리를 찾는다. 벽에 그림이나 장식이
없고, 화장실이나 문 옆에 있지 않은 가장자리로 향한다. 나는
가장자리에 앉는 사람이다.

가장자리의 사전적 의미는 둘레나 끝에 해당하는
부분이지만, 내게 가장자리는 물러난 자리, 그러니까 공간과
사람이 한눈에 들어오는 곳을 의미한다. 나는 사람들을 볼 수
있고, 그들은 나를 볼 수 없는 곳. 그렇다고 숨은 곳은 아니다.
잠시 고개를 돌린 누군가와 눈이 마주치는 순간도 있다. 그때
심장의 두근거림과 나이스한 사람으로 보이고 싶은 미소는
가장자리의 소박한 즐거움 중 하나다.

가장자리 중에서도 내가 선호하는 자리는 귀퉁이다.
모나고 좁은 곳에 웅크리고 앉아 있노라면 들키고 싶지
않은 것을 잘 숨긴 사람처럼 마음이 편안하다. 나는 뾰족한
영혼의 뒤통수를 모서리에 맞추고, 사람들에게 들키지 않고
싶은 마음과 커피를 나르는 사람이 나를 빨리 알아봐 주기를
바라는 마음을 저울질하다 결국 어색하게 손을 들고 만다.

쟁반을 든 그가 내게 등을 돌리고 있다. 이제 실부플레(s'il
vous plaît, 영어로 플리즈)와 엑스퀴제 모아(Excusez-moi,
영어로 익스큐즈 미) 사이에 갈등이 시작된다. 뭐라고 부르는
게 조금 더 자연스러울까? 사람을 부르는 일은, 내게 등을
돌리고 있는 사람을 돌아보게 만드는 일은 언제나 어렵다.

게다가 외국어로 불러야 하니…….

프랑스어에 자신이 없었을 때는 '실부플레'를 옹알거렸고, 프랑스어를 할 수 있게 된 이후로는 아무리 손을 들어도 오지 않는 그들에게 '엑스퀴제 모아'를 소심하게 외쳤다. 누군가를 불렀을 때 응답받지 못하는 시간만큼 외로운 순간이 또 있을까? 게다가 카페인 중독자에게 오늘의 첫 커피를 기다리는 마음은 얼마나 간절하겠는가! 내 손끝은 떨리고 있다. 응답 없는 이를 부르던 애절함으로, 카페인 중독으로.

나는 손님을 조금 무심하게 대했던 그들을 참 애타게 기다렸다. 커피를 시키는 것은 내 마음이지만 커피를 주는 것은 커피를 만드는 사람의 마음이니, '손님이 왕이다'라는 90년대 소비주의적 사고방식은 버려야 한다. 좋다. 그런 고루한 생각이 파리에서 통할 리 없다. 그러니 커피가 마시고 싶은 순간에 커피를 주는 사람의 마음만큼 간절한 게 없다. 나를 돌아보지 않는 그를 애타게 부른다.

실부플레!

그러나 가장자리 인간이 아무리 용기를 내어 '실부플레'를 외쳐도, 마음을 얻기 위해 간절한 눈빛을 보내도 귀퉁이에 박힌 존재는 묻히고 만다. 포기하자, 언젠가는 올 것이다. 겸손하게 들어 올린 나의 손을 알아봐 줄 것이다. 그래도 가장자리에 앉아서 좋은 점이 있다면, 허공으로 사라져버린 '실부플레'와 함께 외로이 접힌 나의 손을 아무도 보지 못했다는 것이다. 나는 민망하지 않은 척, 여유로운 척, 기다리지 않는 척 다시 기다림을 시작할 수 있다. 누구에게도 나의 '척'을 들키지 않을 수 있다.

눈에 띄지 않는 가장자리이지만 내게도 나름의 규칙이 있다. 가능한 사람들에게 등을 돌리지 않을 것. 아무도 나를 보지 않고, 기다리는 사람도 없지만, 나는 카페 문을 열고 들어오는 사람에게 등을 지지 않는다. 물론 호의 같은 것은 절대 아니다. 그저 등을 보이는 게 싫을 뿐.

뒷모습을 보이는 게 싫다. 내가 볼 수 없는 뒤통수와 목덜미 그리고 굽은 등을 들키는 일은 나의 가장 연약한 어떤 것을 최소한의 방어 장치 없이 내보이는 듯한 느낌이다. 내가 미처 가리지 못한 어떤 것이 뒷모습에 고스란히 남아 있다면…… 무심한 표정이나 과장된 제스처 속에 감춰진 나라는 인간이 거기, 선명하게 적혀 있을 것만 같다.

미셸 투르니에는 『뒷모습』에서 이렇게 말했다.

남자든 여자든 사람은 자신의 얼굴로 표정을 짓고 손짓을 하고 몸짓과 발걸음으로 자신을 표현한다. 모든 것이 다 정면에 나타나 있다. 그렇다면 그 이면은? 뒤쪽은? 등 뒤는? 등은 거짓말을 할 줄 모른다 (……) 뒤쪽이 진실이다!

그의 말처럼 뒤쪽에 진실이 있다면, 나는 나의 진실을 감추면서 남의 진실을 엿보길 원하는 뻔뻔한 인간이다. 가장자리에 앉아 사람들의 뒷모습을 읽는다. 그것이 그들의 진실인지는 모르겠으나 확실히 뒤쪽에는 앞쪽에 없는 이야기가 있다. 구부정한 몸으로 커피잔을 드는 사람은 자신만의 세계에 빠진 사람, 허리를 꼿꼿하게 세우고 잔을 천천히 드는 사람은 자존감을 회복해 가는 사람. 어떻게 앉아도 슬픈 사람, 헝클어진 머리부터 긴 목까지 슬픔이 묻어 있는 사람. 뒷모습은 참아도 새어 나오는 웃음이나 아무리 매만져도 삐져나오는 잔머리처럼 이야기 몇 가닥을

팔락거린다. 그러나 신기하게도 그 이야기에서 내가 읽고
마는 것은 오늘의 나의 마음 몇 가닥. 저들의 뒷모습은 모두
나의 마음의 이야기다.

마음은 발가벗은 아이 같아서 아무것도 모르는 얼굴로
해맑게 웃으면 그저 사랑스럽기만 한데, 부끄러워 울음이
터져버리면 영 대책이 없어진다. 그러니 조심성 많은 나는
늘 숨기는 쪽을 택할 수밖에. 등을 벽에 바짝 붙여야 한다.
모서리에 뒷모습을 감춰야 한다. 뒤쪽이 진실이다. 나의
진실은 뾰족하게 숨어 있다.

언젠가 행복하고 이기적인 뒷모습을 본 적이 있다.
서로를 향해 기울어진 어깨가 살짝 닿는 순간 마주 보며
웃던 연인들. 그들은 내게는 보이지 않는 어떤 풍경을
손가락으로 가리키며 고개를 끄덕이기도 하고, 몸을 비틀어
서로에게 기대기도 했다. 그 연인들은 자신들만의 행복으로
가장자리에 앉은 나의 존재를 까맣게 지웠지만, 그런
뒷모습이라면 얼마든지 기쁨의 눈으로 볼 수 있지 않겠는가.
뒤통수까지 삐져나와 나풀나풀 춤추는 사랑을 보면 어쨌든
웃음이 난다.

그러나 확실히 행복한 이들의 뒷모습은 나의 웅크린 것을
더 뾰족하고 가느다랗게 만든다. 외로움이 날카로워지는
순간이다. 카페인이 필요한 순간이다. 이제 정말 용기를
내어야 한다. 나는 다시 한번 고민에 빠진다. 뭐라고 불러야
그가 나를 돌아볼까? 뭐라고 부르면 내게 와줄까?

실부플레와 엑스퀴제 모아 중 어떤 말이 저기 쟁반을 든
그의 마음을 움직이게 할까?

나는 한 번 더 용기를 내어 팔을 들어 올린다. 허리를
곧게 세우고, 내 앞에 있는 뒤통수들을 향해 미소 짓는다.

"엑스퀴제 모아!"
그가 돌아본다, 그가 내게 온다.
내게 커피를 줄 구원자가 오고 있다.

생 미셸, 어느 카페에서

"카페에서 멋진 모자를 쓴 할아버지가 프랑수아즈 사강의
『브람스를 좋아하세요....』를 읽고 있었다.
  내 옆자리에 앉아 있던 여자애가 모두에게 들릴 만큼 큰 소리로 말했다.
"저 할아버지 좀 봐, 섹시해."
  할아버지는 책에서 눈을 떼고 고개를 들어 주변을 살피더니
  내게 끈적한 윙크를 날렸다.
  내가 한 말이 아닌데.
  그는 그날 카페에서 내게 대시한 두 번째 노인이었다.
  프랑스 커피에 정력제라도 들어 있는 걸까?

아메리카노를 아메리카노라 부를 때

파리에 도착하고 처음 몇 년은 오로지 듣고 말하고, 읽는
것을 향한 노력과 그에 따른 실패와 친해지는 일이 전부였다.
그중에서도 나를 가장 자주 좌절시켰던 것 하나는 바로
메뉴판이다. 그림 하나, 사진 한 장 없이 알아보기 힘든
필기체로 휘갈겨 쓴 메뉴판. 나는 그 오만한 판때기를
싫어했다.

아메리카노가 없다. 어느 카페를 가도 커피 메뉴판에
아메리카노가 없었다.

에스프레소, 그랑카페(직역하면 큰 커피, 이것이
아메리카노와 제일 비슷하나 물의 향이 훨씬 적다), 카페오레,
두블 에스프레소(에스프레소 샷 두 개를 한 잔에 담은 것),
카페누아제트(직역하면 헤이즐넛 커피인데 에스프레소에
소량의 우유를 올린 것) 정도가 전부다. 미국 것이라면
질색하는 프랑스인들이 자존심 때문에 아메리카노를
아메리카노라 부르지 않는 것일까? 물론 경험을 토대로
한 추측에 불과하다. 어쨌든 내가 할 수 있는 최선은
아메리카노를 셀프로 만들어 마시는 것.

카페 종업원에게 서툰 불어로 "물이요"라고 부탁하면,
그들은 친절하게도 이가 시리게 차가운 수돗물을 가져다줬다.
나는 찬물에 밥을 말아 먹듯 물을 슬금슬금 부어가며
미지근해지는 커피를 마셨다. 늙어서 기운 빠진 악마 같은 맛,

여전히 그 맛을 기억하고 있다.

누군가에게 먼저 말을 걸 수 있을 정도로 언어에
자신감이 생길 무렵, 어느 카페의 종업원을 붙잡고 물었다.

"이 카페에는 아메리카노가 없나요?"

"아메리카노요? 있어요."

그는 이상한 표정으로 실실 웃었다. 이 자식이 왜 웃는
걸까? 불안한 마음이 들었다. 내 발음이 이상한 것일까?
아니면 비웃는 것일까? 기분이 상했지만 참았다. 어쩔
수 없었다. 마음은 사르트르인데 입 밖으로 나오는 말은
텔레토비 수준이니 싸움을 걸 수도 없었다. 어학원에서는
언제나 곱고 귀여운 말만 가르쳐줬다. '감사합니다'
'또 만나요' '반갑군요' 등. 기초 프랑스어 교재에 '싸우는 법'
챕터가 있었다면 파리에서 사는 일이 한결 나았을 것이다.
살면서 싸울 일이 얼마나 많은가? 그 중요한 일을 혼자
터득해야 하니 상처 주고 상처받는 사람이 넘칠 수밖에.

기분 나쁜 미소를 흘리고 갔던 종업원은 잠시 후
빨간 액체가 담긴 유리잔과 땅콩을 가져다줬다.
그 수상한 액체에서는 술 냄새가 났다. 술맛도 났다.

아침 10시였는데, 그제야 그의 웃음을 이해했다.
그는 나를 아침 10시부터 술을 찾는 알코올 중독자로
여겼던 것이다.

아메리카노는 커피가 아니라 칵테일의 이름이다.
파리의 카페에서 메뉴판을 자세히 살펴본다면 알코올류에서
'아메리카노' 칵테일을 볼 수 있을 것이다. 이탈리아에서
처음 만들어졌지만, 이탈리아 바닷가에 정착하기 시작한
미국인들이 이 술을 즐겨 찾으면서 '아메리카노'라 부르게
됐다고 한다. 캄파리를 베이스로 만든 롱칵테일, 그러니까
아메리카노는 이름과 달리 이탈리아의 해변을 담고 있다.

캄파리와 이탈리아의 해변이라 하면 역시 마르그리트 뒤라스를 떠올리지 않을 수 없다. 뒤라스의 소설 『타키니아의 작은 말들』 속 주인공들은 이탈리아의 어느 섬에서 캄파리를 마시며 권태로운 나날들을 보낸다. 그 소설은 뒤라스의 초기 작품이지만, 뒤라스 월드의 공식이 그대로 담겨 있다. 즉 더위와 술과 권태다. 내게 뜻밖의 아메리카노가 찾아왔던 날도 더위와 술과 권태가 있었다. 그러니 매우 뒤라스적인 날이라 할 수 있지 않겠는가.

그날 나는 새로운 아메리카노가 열어준 세상을 알게 됐다. 아침부터 노을을 떠다 담근 듯한 그 붉은 술을 마시면 이탈리아 해변의 46도 무더위가 온몸을 무기력하게 만들었다. 하루를 시작하는 시간에 나는 이미 하루 끝에 걸터앉아 그네를 탔다. 천천히 나아가면 감질나고, 힘차게 발을 구르면 위태롭고.

뒤라스는 『물질적인 삶』에서 "술이 고독을 울려 퍼지게 하고, 고독을 다른 어떤 것보다 좋아하게 만든다"고 했는데, 고독은 잘 모르겠지만, 술이 맛있다고 느꼈던 순간은 대체로 혼자였던 것 같다. 혼자 마시는 술을 좋아한다. 하지 않아도 될 말을 하지 않고, 남의 연애사에 맞장구쳐주지 않아도 되고, 누구를 욕하지 않아도 되니까. 심심하지 않다.

나는 술이 내 몸에 저지르는 일을 관객처럼 구경하며 술과 함께 논다. 알코올에 대한 몸의 반응은 기분과 날씨에 따라 조금씩 달라진다. 어떤 날은 얼굴부터 붉어지고 어떤 날은 심장부터 쿵쾅거린다. 어떤 날은 기쁘고, 어떤 날은 우울하다. 약간의 흥분 상태를 즐기지만 두 번째 잔을 마신다고 그 흥분이 유지된다는 보장은 없다. 술과 자신이 함께 추는 춤에 장르를 정하는 건 각자의 몫이다. 나는

열정적인 탱고보다 느린 왈츠를 선호한다. 물론 리드하는
쪽은 술이다. 술의 리듬을 따라가는 편이다. 내 쪽에서도
중심을 잘 잡을 필요는 있다. 함부로 온몸을 던졌다가 시멘트
바닥에 누워서 춤의 피날레를 맞이할 수도 있으니까.
그 시절, 술과 나는 대체로 만족할 만한 춤을 췄다.
내게 그럴 만한 외로움과 체력이 있었다는 뜻이다. 그리고
그런 시간을 고독이라 말한다면, 나는 그 고독을 사랑했던

30

것이 분명하다.

　　그날 이후, 가끔 아니 자주 아침 10시에 아메리카노를
마셨다. 아침 10시 거리는 평화로웠고, 아무 데도 갈 곳 없는
사람과 어디에도 가지 않는 사람들만이 카페에 앉아 늦은
아침을 맞이했다. 그 시간에 말끔하게 차려입고, 단정하게
앉아 술을 마시는 사람들은 생각보다 많았다. 위스키 한 잔을
에스프레소처럼 마시는 사람, 와인과 샴페인을 주스처럼
마시는 사람, 보드카를 물처럼 마시는 사람.
　　모두 거리에 고독을 울려 퍼지게 만든 사람들이다.
모두 숨어서 고독을 사랑한 사람들이다. 어떤 사랑은 하지
않는 편이 낫다지만, 이미 사랑에 빠진 사람에게 그보다 더
무용한 말은 없다. 장 그르니에의 말을 빌려 "사랑이 자기
삶의 근간이 자기에게가 아니라 타자에게 있게 하는 이른바,
자기로부터의 탈출"이라면, 그들은 모두 자신으로부터
탈출해 고독에 근간을 두기 위해 고독으로 들어간
사람들이다.
　　여기, 고독으로 들어가는 문이 있다. 아침 10시에
아메리카노를 한 잔 마시면 열리는 문이다. 그러나 일단 문이
열리고 나면 선택해야 한다. 당신은 아메리카노를 더 마시고
깊은 고독으로 들어가 미아가 될 수도 있다. 아니면 딱 한

잔으로 잠깐의 행복을 누리다 이 행복이 알코올의 증발과
함께 사라질까 불안에 떨 수도 있다.

　무엇이 됐든 술과 당신의 이야기에 장르를 정하는
것은 당신의 몫이다. 그다음이라는 게 있다면 그것은 술의
몫이겠지만.

엑스프레소(EXPRESSO)

아침에 마시던 아메리카노(술)를 끊었다. 냄새 때문이었다. 나는 중독의 상태를 냄새로 알아챈다. 이미 냄새가 몸에 배어 있다면 험난한 해독의 단계를 거쳐야만 끊을 수 있다. 알코올도 담배도 사람도 내 몸에서 나는 술 냄새, 담배 냄새, 사람 냄새가 싫어질 때, 나는 그것들을 벗어나기 위해 노력했다.

내 일상에서 사라진 아메리카노의 자리를 차지한 것은 에스프레소였다. 물을 타지 않은 에스프레소를 마시게 됐다. 설탕이나 우유 같은 것도 넣지 않았다. 에스프레소 고유의 맛, 고소함을 알게 된 것이다. 물론 하루아침에 취향이 바뀌는 데는 그만한 사연이 있다.

리옹역의 한 카페였다. 니스에 가려던 길이었다. 아침에 눈을 뜨자마자 니스에 가야겠다고 생각했다. 헤어진 남자와 딱 한 번 가봤던 도시였는데, 바다가 보고 싶다는 생각을 하니 떠오르는 바다가 그곳뿐이었다. 조금 이상하게 들리겠지만 나는 바다가 보고 싶어지면 늘 아는 바다로 떠났다. 멀리 떠나겠다고 말하면서도 아는 바다로 향하는 것은, 그곳으로 향하는 여정이 떠나는 길이 아니라 돌아가는 길이었기 때문일 것이다. 그러니까 바다를 보고 싶어 하는 내 마음에는 떠나는 마음이 아니라 돌아가고 싶은 마음이 있다. 니스

바다에 다시 가고 싶었다. 헤어진 남자는 거기 없지만 돌아가
다시 확인해보고 싶은 마음이 있었다. 선한 외모에 착한
사람이었다.

　　나는 그를 어학원에서 만났고, 도서관에서 함께 공부하고
카페에서 카페오레를 마시고 그의 집에서 한국 요리를
만들어 먹는 건전한 데이트를 즐겼다. 우리는 장단이 잘 맞는
편이었지만, 흡연 문제에서만큼은 다툼이 잦았다. 그는
비흡연자여서 내가 눈을 떠서 잠들 때까지 모든 상황과 행동에
점을 찍듯 담배를 피우는 것에(예를 들자면, 아침 먹고 땡, 점심
먹고 땡, 저녁 먹고 땡 같은 행위) 자주 불만을 표현했다. 다행히
'나를 사랑하면 담배를 끊어'라고 말하는 무례한 사람은
아니었고, 싸울지언정 흡연도 우리의 연애도 계속됐다.

　　어느 날 크리스마스를 앞두고 설레는 여행을 계획했다.
니스에 가기로 한 것이다. 아침에 출발하여 저녁 즈음에
도착해 바다를 보러 갔다. 무척 소란스러웠던 파도 소리를
기억한다. 어떤 세계가 사납게 달려들다 부서지는 소리.
우리는 스물 언저리였고, 처음 보는 이국의 바다에 압도돼
서로의 손을 꽉 잡았다. 파도가, 손을 잡은 그 상황이 모두
대단하게 느껴졌다. 사랑에 빠지기 위해 애쓰던 시기였다.

　　다음 날 아침, 그와 나는 서둘러 해변으로 나갔다. 바다가
어디로 사라지는 것도 아닌데, 가는 길 내내 거의 뛰다시피
했다. 지중해의 바람은 겨울 같지 않게 상냥하고 따뜻했다.
자갈밭 해변을 오래 걸으면서 담배를 몇 대 피웠지만,
그날만큼은 그도 아무 말 하지 않았다. 우리는 그렇게 한참을
걷다가 잠시 쉬기 위해 어느 카페에 들어갔다.

　　그 카페에는 지중해 날씨와 어울리는 사람들이 있었다.
금발 머리에 구릿빛 피부, 어딘지 모르게 더 여유로워 보이는

몸짓까지. 우리는 동경의 시선으로 그들을 훔쳐봤다.
그리고 니스의 해변과 어울리지 않는 두꺼운 외투를 벗어
던졌다. 그곳에 있던 사람들은 대부분 에스프레소를 마시고
있었고, 우리는 그들과 똑같은 커피를 주문했다. 커피 맛
같은 것은 상관없었다. 그 풍경에 어울리는 사람이 되고
싶었을 뿐. 바닷바람이 불었다. 지중해 냄새와 에스프레소
향기가 순식간에 퍼졌다. 나의 첫 에스프레소에서는 바다

냄새가 났다.

커피를 한 모금 마시는 순간 너무 써서 얼굴이 저절로
찌푸려졌다. 뒷골이 당기는 맛이었는데 티를 내고 싶지 않아
괜히 담배를 피웠다. 담배와 잘 어울리는 맛이네, 그렇게
말했던 것 같다. 손발이 오그라드는 말이지만 거짓말은
아니었을 것이다. 흡연자에게 담배와 어울리지 않는 맛은
없다. 나를 따라 한 모금 마셨던 그도 얼굴을 찌푸렸다.
그러고 담배를 찾았다. 그날 그는 나와 마주앉아 담배를
피웠다. 담배 맛을 좋아하게 됐다고, 에스프레소와 잘
어울리는 맛이라고 말했다.

그 착한 남자가 나를 찼다. 자주 다투긴 했지만, 그런
식으로 연락을 끊어버릴 줄은 몰랐다. 한국에 다녀오니
그는 이미 이사를 갔고, 내 전화를 더는 받지 않았다. 나는
그를 만날 길이 없었다. 다행히 메일 주소는 알고 있었다.
나는 그에게 수도 없이 많은 메일을 썼지만, 정작 보낸
것은 한 통뿐이었다. 답장이 왔다. 고생하시는 부모님을
생각해서 공부에 집중하겠다, 뭐 그런 내용이었다. 그러니까
그는 참 착한 핑계를 대며 끝났다고 말하고 있었다.
나는 아니었는데…….

여행객들이 앉아 있는 카페에서 커피를 주문했다.
에스프레소가 마시고 싶었다. 리옹역 카페의 에스프레소는

니스에서 마셨던 것보다 조금 더 거품이 많았다. 스푼으로
거품을 떠서 맛을 봤다. 입술에 닿을 때는 포근했고 혓바닥은
뜨거웠으며, 마시고 난 후에는 진한 향이 남았다. 천천히 오래
마시고 싶을 정도로 그 맛이 좋았으나 세 모금에 사라졌다.

프랑스에서는 에스프레소를 엑스프레소라고도 부르는데,
급히 신속하게 이뤄진다는 '엑스프레스(EXPRESS)'에서
유래된 말로, 강한 압력을 가해 신속하게 내려 맛과 향이
진한 커피를 가리킨다. 어울리는 이름 아닌가! 내리는 방법도
빠르지만, 사라지는 것도 빠른 그 진한 커피에 말이다.

커피는 순식간에 사라졌고, 고속 열차는 요란한 소리를
내며 떠났다. 어느 날 밤에 봤던 바다처럼 소란스러운
풍경이었으나, 바다의 소란이 밀려오는 덩어리였다면 그곳의
소란은 흩어지는 조각이었다. 그러니까 달려드는 소리가
아니라 멀어지는 소리. 다시 오지 않는 소리.

나는 그날 니스에 가지 않았다. 리옹역의 엑스프레소는
충분히 맛있었다. 굳이 니스에 가서 커피를 마시고 오지
않아도 괜찮을 만큼. 집으로 돌아오는 길에는 담배를 두 대
피웠다.

한동안 엑스프레소를 마실 때마다 그 남자를 생각했다.
그가 다시 담배 냄새를 싫어하게 됐을 거라고 생각하면 조금
화가 났다. 그럴 때마다 마음속으로 '잘 살아라'라는 축복
대신에 저주를 보냈다.

'죽을 때까지 담배를 못 끊어라, 기왕이면 골초로 살아라!'

시간이 많이 흘렀다. 엑스프레소만큼 빠르고 진한 것들이
밀려왔다가 떠나길 반복했다. 그사이에 나는 여러 번 연애에
실패했고, 담배를 끊었고, 헤어지지 않아도 좋을 사람을 만나

그 남자가 담배를 끊을 수 있도록 온갖 노력을 기울였다. 이제 맛있는 '엑스프레소'를 파는 카페는 없지만, 집에서 에스프레소를 '엑스프레스'하게 마실 수는 있다. 바다 맛이 나던 엑스프레소의 맛은 혀 아래 감춰졌다.

니스 바다에 다시 갈 일이 있을까?

생제르맹 데프레, 어느 카페에서

커피를 마시며 지나가는 노부부를 봤다.
그들은 손을 꼭 잡고 생 미셸 대로를 걷고 있었다.
할아버지가 할머니를 "나의 병아리"라고 불렀다.
할머니는 할아버지를 "나의 오리"라고 불렀다.
병아리와 오리가 나란히 함께 걸어갔다.

카페 그리고 담배

오래전 파리는 흡연자들의 천국이었다. 식당, 거리,
사람이 있는 곳이라면 어디든 담배 연기가 춤을 췄다.
대학의 강당에서 교수와 학생들이 함께 담배를 피웠고,
심지어 기차에도 흡연 칸이 따로 있었다(열차의 맨 마지막
칸이었는데, 그곳의 냄새와 연기는 흡연자에게도 버거울 만큼
지독했다). 그중에서도 흡연자들의 성지를 꼽자면, 역시
카페를 빼놓을 수 없다.

카페에서 사람들이 왼손 검지와 중지 사이에 담배를
끼우고, 오른손 새끼손가락을 살짝 들어 올려 잔을 쥐고
커피를 홀짝홀짝 마셨다. 테이블마다 매우 한가하게
올라오던 연기, 조금 무심하고 게으른 파리지앵들에게 잘
어울리는 인테리어 소품은 담배 연기와 비우지 않아 가득 찬
재떨이였을 것이다. 비흡연자와 흡연자가 그토록 평화롭게
지내던 시절이 있었다는 사실이 새삼 놀랍다(지금에 와서
생각해보면 비흡연자들의 희생이었겠지만).

2007년 2월 1일, 프랑스에서 실내 흡연 금지법이
실행됐다. 흡연자 대부분은 카페에서 담배를 피울 수 없게
됐다는 사실을 믿지 못했다. 커피를 마시는데 담배를 피울 수
없다니! 레스토랑은 금연하는 것이 당연하나 카페만큼은 안
된다는 사람들도 있었다. 그 법을 가장 반대했던 사람들은
담배가게 주인이 아닌 카페 주인들이었다. 어쨌거나 법은

통과됐고, 실행됐다. 그날 이후로 카페에 남은 실내 흡연의
흔적은 테이블 위에 놓인 빈 재떨이가 전부였다. 나는 2007년
1월 31일, 흡연자 친구들과 카페에 모여 윈스턴 라이트 한
갑을 나눠 피웠다. 그날은 커피를 마시기 위해서가 아니라
담배를 피우기 위해 모인 자리였다. 한겨울 따뜻한 카페
안에서 피우는 담배 맛을 기억하고 싶었다. 카페 안은 연기가
자욱했고, 우리 같은 사람들이 삼삼오오 모여 있었다.
거기 앉아 있던 이들에게 그날 그곳은 역사적인 현장이었다.
우리는 연기 자욱한 파리의 카페를 마지막으로 목격한
사람들이었다.

　　담배를 피우지 못한다면 카페에 갈 이유가 없다고
생각했는데, 어느새 실내 금연에 빠르게 적응하게 됐다.
한겨울에 커피를 마시다가 담배를 피우러 나가는 그 귀찮은
일을 해냈다. 함께 흡연하고 온 사람들끼리 조금 더
끈끈해졌다. 자유를 뺏기는 일이라고 반대했던 애연가들
조차도 쾌적해진 카페 공기에 만족했다. 스모킹존인
테라스에서도 흡연자들은 비흡연자들에게 피해를 주지 않기
위해 몸을 웅크리고 고개를 돌렸다. 파리의 풍경이 달라지고
있었다. 덩달아 나의 흡연 욕구도 조금씩 줄었다. 나 역시
달라지고 있었다.

　　나는 약 20년 전에 흡연을 시작했다. 그 시절 한국 여자들
대부분이 그랬듯 폐쇄된 공간에서 몰래, 안쓰러울 정도로
애를 쓴 흡연이었다. 환기가 잘되지 않았던 커피숍(그때는
카페를 커피숍이라 불렀다) 구석이나 어두침침한 술집에서
또는 '계집애가 잘하는 짓이다'라고 어른 흉내를 냈던 이십대
남자애들의 멍청한 농담 사이에서. 치사했지만 그래서 더
끊고 싶지 않았던 스무 살의 담배는 파리에 와서 '취향'이라는

것을 얻게 됐다. 그러니까 담배 맛을 구별할 줄 알게 됐고 좋아하는 담배 브랜드가 생겼으며, 담배를 피울 수 있는 장소를 선택할 수 있게 된 것이다.

나의 취향은 '라이트'였다. 담배는 피우지만, 폐암은 무서운 사람의 최선이다. 말보로 라이트, 윈스턴 라이트, 그리고 카멜 라이트. 슬림이나 멘톨처럼 기본에서 변형된 담배는 과일 맛 소주만큼이나 싫었다(어쩔 수 없으면 그거라도 감지덕지 피웠다). 아침에 카페에서 커피를 마시며 피우는 담배와 저녁 무렵에 카페에서 와인을 마시며 피우는 담배는 취향을 넘어 일종의 휴식이자 하루의 의식이었다. 나는 담배를 피우는 내가 좋았다. 미디어가 만들어 낸 담배 피우는 여자의 이중적인 이미지, 그러니까 섹시하고 도도한 여자 혹은 천박한 여자 중 어느 쪽에도 해당 사항 없는 내가 담배를 피운다는 것이 좋았고, 노는 애도 모범생도 아닌 어중간한 내가 담배를 피우는 것이 좋았다. 그것은 특징 없는 내게 하나의 액세서리이자 숫기 없는 내가 누군가에게 쉽게 건넬 수 있는 호의였고, 함께 있고 싶은 사람에게 질척거리지 않고 달라붙을 수 있는 핑계였다.

그렇게 수많은 이유를 붙여 가며 담배를 피웠던 내가 담배를 끊을 수 있었던 이유는 아마도 '의미 상실'이었을 것이다. 어느 날, 카페에서 커피를 마시다가 담배를 피우러 나가는 일이 너무 귀찮아졌다. 담배를 피우고 돌아오면 내 몸에서 나는 식은 담배 냄새가 고약해졌다. 장 그르니에의 말처럼 "담배는 담배 그 자체일 뿐, 즉 타고 있는 풀 이외에 아무것도 아닌 것"으로 축소돼버렸다. 마침내 금연에 성공한 것이다.

10년 전, 마지막 담배를 피운 이후로 담배 맛 같은 것은 생각하지 않고 살지만, 오래전 니코틴에 지배받았던 몸의

감각이 깨어나는 장소가 있다. 파리 샤를 드골 공항의 카페다.

주홍빛 하늘에 이륙하는 비행기들이 보이던 곳. 파리에 도착하면 늘 저녁이었고, 저녁 무렵 공항 카페는 온기 한 겹을 주고받는 사람들의 차지였다. 끝내 외투를 벗어주고 가려는 사람, 결국 외투 하나를 어깨에 더 얹고 가는 사람. 그리고 외투 하나를 손에 쥐고 기다리는 사람.

공항의 저녁은 유독 쌀쌀했다. 나는 그곳에 혼자 앉아 12시간 만에 담배를 피웠다. 12시간 강제 금연 끝에 피우는 담배 맛이 어떤 것인지 흡연자들에게는 말이 필요 없겠지만, 비흡연자들을 위해 설명하자면 '내 한 몸을 바쳐 죽어도 끊지 않겠노라 다짐하게 되는 맛'일 것이다(차라리 술을 줄이겠다, 운동을 하겠다는 다짐과 함께). 공항에서 입국 심사를 마치고 짐을 찾을 때까지 흡연의 욕구를 있는 힘을 다해 참는다. 그리고 게이트를 나오자마자 카페로 뛰어간다. 그렇게 피우던 담배 한 대. 한 모금 깊게 빨아들이면 머리가 핑 도는 듯한 아찔한 맛이 좋았다. 남자 어른의 눈빛을 피해 고개를 돌릴 이유도, 불붙은 담배를 소매 안으로 넣어야 할 이유도 없었다. 어디서나 담배를 피울 수 있다는 것, 무엇이든 마음대로 할 수 있다는 것, 어디서 무엇을 해도 아무도 없다는 것, 혼자라는 것. 그러니까 퍽 외로운 자유, 그 자유의 맛에, 썰렁한 공기에 나는 몸을 조금 떨었다.

금단 현상(커피와 술만 보면 절망을 느낌, 화장실을 못 감, 갑자기 담배 냄새를 견디지 못함 등)을 생각하면 지금은 담배가 쳐다보기도 싫은 물건이 됐지만, 여전히 샤를 드골 공항의 카페 앞에서만큼은 숨을 깊게 들이마셔야 한다. 나는 '담배는 자유의 맛이다, 담배는 그저 타고 있는 풀이다. 담배를 피우면 자유를 느낀다, 담배는 타고 있는 풀일 뿐 아무것도 아니다'를 미친 사람처럼 중얼거리며 그곳을 지나간다. 실내 흡연

금지법이 아니었다면 틀림없이 그곳에서 어깨를 떨며 금연에
실패했음을 받아들였을 것이다.

파리를 떠난 지 벌써 1년이 넘었다. 공항이 그리운
요즘이다. 주홍빛 하늘 위로 이륙하는 비행기를 보며 카페에
앉아 담배의 유혹에 흔들려보고 싶다. 여전히 썰렁한 공기와
금단 현상은 무섭지만, 너무 오래된 일처럼 무덤덤해지는
것도 아쉽다. 무엇에 덤덤해지는 것인지, 담배의 유혹인지
다시 돌아갈 수 없는 시간인지.

어쨌든 담배를 다시 피울 리는 없다. 그것은 그저 타고
있는 풀일 뿐이다. 내 몸만큼 커다란 이민 가방을 끌고 다시
방황하는 일도 없다. 집 나가면 고생이다. 퍽 외로운 자유는
이만하면 충분하다. 충분하지 않다고 해도 이제 체력이
허락하지 않는다.

그러나 '죽어도 담배를 끊지 않겠다'던 다짐을 생각하면,
'절대 다시 담배를 피우지 않겠다'라는 다짐 역시 믿을 수
없다. 내기를 한다면 10원 한 장도 걸지 않을 것이다. 10년
후에 다시 어느 공항에서 이민 가방을 들고, 입에 맞는 담배를
피우며 이륙하는 비행기를 보고 있을지도 모를 일 아닌가.

인생을, 누가 알겠는가(Qui sait)?

여름 카페

8월이었다. 늦은 폭염이 왔다. 거리에 사람이 없을 정도로
지독한 더위였다. 나는 다락방이 오븐이 되는 기적을 몸소
체험했다. 선풍기 한 대도 구하기 어려운 시절이었다(2003년
폭염 이후 프랑스도 선풍기와 에어컨을 팔기 시작했지만, 아직도
선풍기조차 없는 집이 많다). 어디에도 갈 수 없으니 낮 동안은
견디는 것 외에 달리 방법이 없었다. 카페에 가면 되지 않을까
생각하겠지만 절대 아니다. 프랑스 카페는 에어컨이 없으니까.
한여름에 에어컨이 없는 카페에서 뜨거운 커피를 마시는
프랑스인들은 정말 놀랍다. 과음한 다음 날, 버터를 듬뿍 바른
토스트를 먹는 것만큼이나.
　　카페마다 에어컨이 있었다면 파리의 모습은 어땠을까?
오스만식 건물 측면, 후면에 실외기가 다닥다닥 붙은 파리는
상상이 되지 않는다. 먼지 날리는 오래된 카페에서 새하얀
최신식 에어컨을 마주한다면 배신감을 느낄지도 모르겠다.
확실한 것은 카뮈의 『이방인』은 탄생하지 못했으리라는 것.
에어컨이 있는 카페가 있었다면 뫼르소가 왜 땡볕에 나와
사람을 죽였겠는가? 그렇게 생각하면 계절을 따라 살아가는
그 자연스러움에 손뼉을 치고 싶다가도 내가 뫼르소가 될
뻔했던 기억을 떠올리면, 메흐드[*]!

* Merde: '제기랄' '빌어먹을'이라는 뜻의 프랑스어. 프랑스인들이 봉주르만큼
많이 쓰는 말이다.

더위를 많이 탄다면 여름에는 파리에 가지 말기를.
에어비앤비 사이트에서 본 양철지붕 아래 다락방이 아무리
낭만적이어도 함부로 결제 버튼을 누르지 말기를. 태양의
열기를 그대로 흡수한 그곳은 말 그대로 찜통일 테니. 땡볕에
세워 둔 검은색 자동차 안, 그 정도 온도에 가까울 것이다.
그러니까 죽을 수도 있다. 경험자로서 하는 말이다. 파리,
양철지붕, 다락방, 햇살…… 나는 그 로맨틱한 조합을 죽을
뻔한 기억으로 간직하고 있다. 기억이라는 게 시간이 지나면
윤색되기 마련인데, 그 더위만큼은 아니다. 다시 돌아가고
싶지 않다.

뫼르소가 되고 싶지 않았던 8월의 일과를 이야기하자면,
온종일 주방의 타일 바닥에 납작하게 달라붙어 있다가 저녁
무렵 동네 카페에 가는 것이 전부였다. 동네에는 카페가
많았지만, 특별히 눈에 띄는 곳은 없었다. 파리를 걷다 보면
늘 카페가 파리고 파리가 카페 같다는 생각이 든다.
자연스럽다는 뜻이다. 서울의 어느 길을 걷다 보면 갑자기
'짜잔' 하고 나타나는 유럽식, 뉴욕식 카페의 느낌과는
조금 다르다. 파리는 자연스러운 매력이, 서울은 의외성의
재미가 있다. 둘 중 하나를 골라야 한다면, 파리에 있을 때는
서울이고, 서울에 있을 때는 파리를 택하겠다.
눈에 띄는 카페가 없으니 그저 발길 닿는 대로 걷다가
만만해 보이는 의자에 털썩 주저앉으면 놀랍게도 늘 같은
카페였다. 자주 눈이 마주치는 사람과 어느새 친해지는
것처럼 나는 그 카페의 의자와 인연을 맺어버렸다. 노란
버들가지로 엮은 의자였다. 의외로 쿠션감이 좋았고 무엇보다
시소처럼 흔들리지 않았다. 가로수 아래 야외 테이블마다 늘
사람이 북적거렸으나 특별한 것은 없는 카페였다. 커피 맛도

흔한, 친절도도 흔한, 흔하디흔한 그런 카페.

　그 흔한 곳의 특별한 점 하나는 그림자였다. 해 질 녘 테라스에 앉아 발밑을 내려다보면 긴 그림자가 있었다. 나보다 목과 다리가 조금 더 기다란 나의 왜곡된 상, 그 그림자는 나뭇잎 무성한 가로수 덕분에 언제나 머리에 화관을 쓰고 있었는데, 그 모습이 마치 그리스 여신을 연상시켰다(내가 아니라 내 그림자가). 가만히 바라보고 있노라면 어쩐지 우스꽝스럽고 어쩐지 외롭다. 나는 그 그림자가 꽤 마음에 들었다. 우스꽝스러운 것은 실없이 웃음이 나와 좋고, 외로워 보이는 것은 외로운 것들을 돌아보게 만드니 좋다. 거기, 또 누가 외로웠던가? 혼자 차를 마시던 프랑스 할머니, 모슬렘 전통 복장을 하고 있던 아랍 남자, 큰 배낭을 들고 있던 여행객……

　그 카페에서는 항상 카페오레를 마셨던 것으로 기억한다. 아주 뜨거운 우유를 너무 뜨거워 손에 쥐기 힘든 잔에 가득 담아줬는데, 저녁까지 식지 않은 열기와 함께 코끝에 훅 달려들던 진한 우유와 커피 냄새가 얼마나 강렬했던지. 그걸 마시면 아무것도 먹지 않은 배 속이 조금 든든해졌다. 물론 카페오레와 함께 주는 스페쿨로스 비스킷이나 아몬드가 들어간 초콜릿도 좋았다. 아니, 사실은 그게 더 좋았다. 머리는 대단한 것을 찾지만, 마음은 늘 별것 아닌 것에 기울고 만다.

　나는 카페오레 한 잔을 마시는 동안 아무것도 하지 않았다. 책도 읽지 않았고, 무언가를 쓰는 일도 없었으며, 심지어 음악도 듣지 않았다. 그냥 가만히 앉아서 참 열심히 사람들을 봤다. 폭염에도 사랑이 식지 않는 놀라운 연인들(여름에도 식지 않는 사랑은 진짜 사랑이다), 안주도 없이 술을 잘 마시는 사람들, 혼자여도 눈빛과 몸짓이 어색하지 않은 사람들, 여럿이어도 눈빛과 몸짓이 엉겨 붙지 않는 사람들,

그러니까 나를 뺀 모든 이들.

나는 그림자처럼 있었다. 그림자만큼 조용했고, 그림자만큼만 움직였다. 해가 완전히 지고 짧은 여름밤이 깊어져 카페 문을 닫을 때까지, 그렇게 오래 머물렀다. 요즘에도 그런 일이 가능할까? 몇 시간 동안 아무것도 하지 않고 그냥 바라보는 일, 그게 될까?

더운 여름날에는 가끔 뜨거운 카페오레를 떠올린다. 딱히 마시고 싶은 것은 아닌데…… 기억이 개입된 일은 잘 모르겠다. 사실도 아니지만, 거짓도 아닌 어떤 애매한 시간과 공간을 나는 돌아가고 싶은 마음 하나 없이 그리워한다. 돌아가고 싶지 않은 마음, 그리워하는 마음, 아무래도 둘 중 하나는 거짓말을 하는 듯하다.

베르시, 어느 카페에서

오후 5시, 카페 '톡톡'에서 K를 만났다.
K는 톡톡에서 파스티스*를 마신다.
K는 오후 5시에 카페에서 마시는 파스티스는 하루를 사는 이유고,
여름 오후, 해변에서 마시는 파스티스는 일 년을 사는 이유라고 했다.
K가 말했다.
"나는 삶을 살기 위해 살아(Je vis pour vivre).
나는 이 술을 위해 살아(Je vis pour cet alcool)."
오후 5시, 파리지엔느의 끈적한 눈빛이 향하는 곳에는
애인이 아니라 술잔이 있다.

* Pastis : 아니스와 감초를 재료로 만든 술로 프랑스에서 가장 많이
소비되는 식전주. 도수가 높아서 물에 희석해서 마셔야 한다.

빨래방 맞은편 카페

일요일에는 파란색 이케아 가방을 들고 카페에 간다. 텅 빈 가방이다. 가방 속에 있던 빨랫감은 이미 맞은편 빨래방 드럼 세탁기 안에 있다.

　　파란색 이케아 가방 몇 개가 눈에 띈다. 평일에는 사람이 많은 카페인데 일요일에는 빨래방 동지들 몇 명이 전부다. 그들은 모두 창가에 앉아 있다. 나 역시 창가에 자리를 잡는다. 빨래방이 잘 보이는 자리여야 한다. 우리는 지금 위장 전술을 쓰고 있다. 커피를 마시는 척 빨래를 지키고 있다.

　　믿기 어렵겠지만 빨래를 훔쳐 가는 도둑이 있다. 도대체 남이 입었던 옷과 양말 심지어 속옷으로 뭘 할까 싶겠지만, 벼룩시장에 가면 그 이유를 짐작할 수 있다. 언젠가 생투앵 벼룩시장에서 한국에서 유행하던 동물 양말을 본 적이 있다. 2유로에 다섯 장. 그중 분홍색 돼지 양말은 내가 잃어버렸던 것과 똑같이 콧구멍이 짝짝이었다. 그렇다면 설마, 옆에 있던 속옷도…… 어쨌든 그런 일을 겪고 나니 동물 양말을 신은 프랑스 사람을 보면 의심부터 하는 고약한 버릇이 생겼다. 에펠탑 아래에서도, 몽마르트르 언덕에서도 나도 모르게 곰돌이, 돼지, 강아지 양말을 추적한다. 속옷은 생각하지 않기로 했다. 이 모든 게 파리에서 일어나는 일이다. 당신이 파리에 어떤 환상을 가졌는지 모르겠지만.

　　창가에 앉아 커피를 주문한다. 빨래를 지키며 커피를

마신다. 지금부터는 기다림의 시간이다. 기약 없는 기다림은
아니다. 정해진 시간에 빨래는 반드시 '완료'된다. 그러나
반드시 오고야 마는 것을 기다릴 때, 나는 더 초조해진다. 5분
간격으로 시간을 확인하고, 책장을 몇 장 넘기다 덮어버린다.
꼭 오겠다고 말하고 오지 않은 것들이 내게 남긴 불안증이다.
세탁기는 분명 건너편에 있는데.

　　좋은 기다림을 생각해야 한다. 기다리는 행위, 그 자체를
즐겨야 한다. 나는 1시간 먼저 가 있는 마음을 지금 이곳으로
데려오기 위해 커피를 마신다. 커피는 기다림의 가장 적절한
동반자다. 동시에 너무 식은 커피는 기다림의 한계이기도
하다. 내 기다림의 한계는 에스프레소 두 잔이다. 그 이상을
마시면 심장이 지나치게 빨리 뛰고 손에서 땀이 난다. 그러니
에스프레소 두 잔이 넘어가는 기다림은 옳지 않다. 그런
기다림은 나를 해친다.

　　어떤 기다림이 나를 해쳤던 기억이 있다. 아무도 없는
집에서 엄마를 기다리며 초콜릿을 너무 많이 먹었다가
배탈이 난 일, 한겨울에 약속 시각이 지나도 오지 않는
친구를 기다리다가 감기몸살에 걸린 일, 오지 않는 마음을
기다리다가 마음이 다친 일. 무엇보다 기다림이 어려운 가장
큰 이유는, 나를 해친 주체의 모호함 때문이다. 오지 않는
무엇인지, 기다림 그 자체인지, 나 자신인지.

　　기다림은 언제든 나를 해칠 수 있다. 그러니 인생에서
무언가를 기다리지 않는 편이 좋을 것이다. 해가 갈수록
기다림의 한계가 짧아진다. 요즘은 에스프레소 한 잔을
넘기기가 어렵다. 누군가를 만날 때, 에스프레소 한 잔을 다
마셔도 오지 않는 사람은 결국 오지 않을 사람이라 생각한다.
'금방 갈게'라는 거짓말에 속지 않는다. 나는 기다리지 않겠다.

기다림을 없애는 방법은 약속하지 않는 것이다. 혹은 약속에 기대하지 않는 것이다. 나는 약속을 믿지 않는다. 내가 믿는 것은 약속이 아닌 우연이다. 기다림 없이, 어느 날 우연히 만난 모든 이들이 그저 반갑기만 한 것처럼, 사는 일도 기다림 없이 그저 우연히 만난 모든 것들을 반갑게 맞이하고 싶다.

그러나 빨래는 다르다. 빨래는 우연히 멈추지 않는다. 정확한 프로그램에 따라 일정한 시간 동안 세탁기가 작동한 후에야 완료된다. 에스프레소 한 잔을 혼자서 한 시간 동안 마시는 일은 어렵지 않으나, 빨래방 앞 카페에서는 사정이 다르다. 그곳에서는 커피가 유독 빨리 사라지는 느낌이다. 그렇다고 가지고 나온 책에 완전히 몰두할 수도 없다. 말했듯이 나는 빨래 도둑들로부터 내 빨래를 지켜야만 한다.

에스프레소를 아껴 마시다가 커피가 딱 한 모금 남았을 때 각설탕을 넣는다. 그리고 녹은 설탕 알갱이를 조금씩 떠서 먹는다. 시간을 보내는 방법이다. 그보다 더 좋은 방법은 설탕 알갱이 쪼개기?

커피로 시간을 달래고 있으면 어딘가에서 일요일의 음식, 뿔레호티(로스트치킨) 냄새가 난다. 뿔레호티는 프랑스 사람들이 일요일에 즐겨 먹는 음식이지만, 혼자 사는 사람들은 쉽게 먹을 수 없는 음식이다. 시골 닭 한 마리는 혼자 먹기에 너무 크고 비싸니까. 일요일에 시장이 열리면 사람들은 뿔레호티를 산다. 대부분 가족과 연인이 있는 사람들일 것이다. 커피에 절인 설탕 알갱이를 씹어 먹으며, 어느 일요일에 누군가와 식탁에 함께 앉아 뿔레호티를 먹는 내 모습을 상상한다. 그러기 위해서는 일단 식탁이 필요하고, 함께 먹을 사람이 필요하다. 결코, 쉬운 음식이 아니다.

에스프레소를 또 시켜야 하나, 고민할 즈음 어떤 여자가 파란색 이케아 가방을 들고 일어난다. 그녀는 뒤도 돌아보지

않고 카페를 나가 맞은편 빨래방으로 향한다. 어쩐지 승자의
여유가 느껴진다. 여자가 앉아 있던 자리에는 각설탕
포장지가 처참하게 찢겨 있다. 기다림이란…….

　나는 카페 창문 너머로 여자를 지켜본다. 여자는
세탁기에서 빨래를 꺼내 이케아 가방 안에 담는다. 진심으로
부럽다. 그러나 여자는 빨래방을 나가지 못한다. 가방을 질질
끌고 몇 걸음을 걸어 건조기로 향한다. 아, 건조기 20분. 그걸
잊고 있었다.

　이제 마음 편히 커피 한 잔을 더 주문한다. 예상과 달리
추가된 20분을 커피 없이 버틸 자신이 없다. 내 빨래가
끝났다. 신속하게 건조기를 돌리고 다시 카페로 돌아올 테니,
내 자리를 치우지 말아 달라는 뜻으로 테이블에 소지품을
남긴다. 단 값싼 것이어야 한다(절대 핸드폰이나 지갑 같은
것을 두고 가서는 안 된다. 영영 찾지 못하게 될 것이다). 가장
이상적인 물건은 수첩과 펜이다. 일기를 쓰고 있는 듯한
인상을 주는 것이 좋다. 그런 메모에는 함부로 접근할 수
없지 않은가. 특히 남의 인생을 함부로 들여다봤다가 제대로
엮이는 것을 두려워하는 파리지앵들에게는.

　'오늘은'(Aujourd'hui)이라는 단어를 일부러 크게
적는다. 커피는 반 이상이 남아 있다. 너무 식은 커피여서는
안 된다. 말했듯이 식은 커피는 기다림의 한계를 뜻하니까.

　건조기 작동 버튼을 누르고 돌아온다. 이제 20분이
남았다. 20분 동안 무엇을 하면 좋을까? 일요일, 거리는 텅
비었고, 맞은편 빨래방에는 혼자 떨어져 나온 음표 같은
사람들만 덩그러니 앉아 있는데.

　펜을 쥐고 '오늘은'으로 시작된 문장을 이어 적는다. 달리
그것 말고는 할 게 없다.

Aujourd'hui,

기다린다.

빨래를

식탁을

뿔레호티를

세탁기를

오늘은 기다린다.

커피를 다 마셨다.
아직 10분이 남았는데, 더는 쓸 말이 없다.

쇼콜라쇼의 맛

발이 아팠다. 하이힐을 신고 한 시간을 걸었다. 단짝 친구와
함께였다. 단짝 친구는 일본인이었는데, 어학원에서는 예쁜
열매로 통했다. 자신의 이름이 일본어로 희귀한 열매를
뜻한다고 하여 붙은 별명이었다. 나는 예쁜 열매를 알게 된
이후로 나무에 열린 열매만 보면 그 친구를 떠올렸다.

예쁜 열매와 나는 자주 발이 아팠다. 하이힐을 신고 오래
걸었기 때문이다. 우리가 하이힐을 신고 오래 걷는 이유는
지하철이 끊겼기 때문이다. 우리는 클럽에서 나와 새벽에
문을 여는 카페까지 발이 아프도록 걸었다.

우리는 나란히 걸으며 함께 봤다. 리볼리 가에서
방황하는 클러버들을, 은밀히 다가와 '네게 필요한 게
무엇인지 알고 있다'라고 말하는 애들을(주로 마약상이다),
그리고 새벽하늘 위로 어슴푸레 번지는 붉은 빛을. 비밀일
것도 없으면서 어쩐지 비밀스러웠던 빛과 소리와 색. 잠이
오지 않는 날, 밤이 긴 날, 빨리 흘려보내고 싶은 날에 나는
언제나 열매와 함께 걷고 있었다.

지금 생각하면 그때 우리의 목적지가 카페였는지,
새벽을 통과한 아침이었는지 헷갈린다. 해가 뜰 때 즈음
첫차가 다니기 시작했고, 집으로 돌아갈 방법이야 얼마든지
있었는데, 우리는 꼭 그 카페에 들르기를 고집했다.

특별한 카페였다. 클럽도 바도 분위기 좋은 레스토랑도
없는 동네 귀퉁이에 있는 곳. 남들보다 출근이 빠른 노동자들,
택시 기사들, 트럭 운전사들이 잠시 들렀다 가는 곳. 사람들이
커피를 마시는 시간은 5분을 넘기지 않는다. 담배를 피우는
시간도 3분을 넘기지 않는다. 낮에는 좀처럼 눈에 띄지
않으며, 갈 이유도 갈 기회도 없는 곳이다.

그곳에서 커피를 마실 줄 모르는 열매와 해장이 필요한
나는 쇼콜라쇼(핫초콜릿)를 주문했다. 쓰고 진한 커피 향
사이에서 뜨겁게 데운 우유에 코코아 가루를 듬뿍 뿌린
쇼콜라쇼는 얼마나 한심하고 달콤한 맛이었는지! 딱 우리
같았다. 한심하고 달콤하고. 내 청춘의 맛을 표현하자면 그
정도가 적당하겠다.

쇼콜라쇼의 온기에 새벽 한기가 사라질 즈음이면 카페
창문 밖으로 불이 켜진 빵집이 보였다. 갓 구운 바게트를
사러 나오는 부지런한 사람들과 청소차가 하루의 시작을
알렸다. 파리의 아침이다. 우리는 졸린 눈을 비비다 서로의
눈두덩이를 보며 웃었다. 아이라이너가 까맣게 번져 시커메진
눈에 번쩍번쩍하는 펄 섀도가 무섭게 반짝였다. 입안은
텁텁했고, 먼지 같은 밤 냄새만 외투에 남았지만, 그렇게 또
긴 밤을 무료하지 않게 보낼 수 있었으니 얼마나 다행인가.
우리는 클럽에서 만난 남자와 어학원에서 알게 된 남자,
윗집 남자, 길에서 본 남자, 무서운 아버지와 알코올 중독자
수준으로 술을 마시는 아버지, 우리를 차버린 남자, 세상에
있는 모든 남자를 이야기했다. 그러나 뭐니 뭐니 해도 가장
좋은 남자는 미야자키 하야오의 만화영화 〈모노노케 히메〉의
아시타카였다. 아시타카의 이름을 낮게 부르다 테이블에
이마를 찧으며 졸던 열매는 얼마나 사랑스러웠는지,
아이라이너가 까맣게 번졌던 그 너구리 눈은 얼마나

귀여웠는지. 또 우리는 얼마나 달콤했는지.

　파티시에인 한 친구의 말을 빌리자면 "달콤한 맛은 적당함을 잃는 데서 오는 것"이라고 한다. 세상에 적당히 단맛은 없으며, 혀끝에서 달콤함을 느끼는 순간, 이미 하루 권장량을 한참 초과한 당분이 들어간 것이라고.

　인생에서 '적당함'을 알게 된 이후로 나는 아마 '달콤함'을 잃었을 것이다. 이제 내게 달콤함은 당뇨나 비만을 유발하는 해로운 맛이 됐다. 초콜릿을 딱 한 개씩만 먹어야 하는 나이, 적당한 나이다. 내게 다시 하이힐을 신고 새벽길을 밟거나, 리볼리 가에서 클러버들을 만나거나 도시 한복판에서 일출을 보는 날이 찾아올까? 오지 않는다고 해도 너무 서운해하지 않겠다. 설탕 녹듯이 달콤하게 흘러가 버린 날들이 아까워 그저 지금을 서둘러 보내고 싶지 않을 뿐이다.

　나는 요즘 새벽 산책을 즐긴다. 하이힐 대신 운동화를 신고, 클러버 대신 등산복을 입은 아저씨, 아주머니들을 만난다. 도시 한복판이 아니라 호숫가에서 일출을 보기도 한다. 지금의 나의 걸음에는 보내는 마음이 아니라 마중하는 마음이 있다. 아무리 반겨도 가야 할 것은 가고 흘러가는 것은 또 흘러가겠지만 그렇게라도 나의 날들을 조금 더 곁에 두고 싶다면, 그것 또한 빨리 보내고 싶었던 마음만큼이나 커다란 욕심일까? 어쩌면 지금부터는 배웅의 걸음을 배워야 할지도 모르겠다.

　오늘은 산책하러 나갔다가 이름 모를 예쁜 열매를 봤다. 열매는 나를 알아보지 못했지만, 나는 열매를 향해 반가운 인사를 건넸다. 마중과 배웅 사이, 서성이는 인사였다.

마레, 어느 카페에서

한국 남자를 만났다. 그는 비즈니스 통역사를 찾고 있었고,
그러니까 나는 면접을 보는 중이었다.
업무에 관해 설명하던 중 그가 뜬금없이 물었다.
"여기가 게이 동네지요?"
"게이 클럽, 바, 카페가 많죠."
"여기 괜히 무섭네."
"왜죠?"
"아, 난 여자 좋아하는 사람이거든요."
"그래서요?"
"징그럽잖아요."
한심한 놈. 나는 네가 징그러운데.
이래서 먹고 사는 일이 어렵다.

거기는 조금 다른 맛일까?

서울의 한 카페에서 친구를 만났다. 친구는 아메리카노를
주문하며 '샷 추가'를 요청했다. 순간 그 녀석이 뉴요커처럼
보였다. 샷 추가라니, 파리에서는 한 번도 듣지 못했던 말이다.
어쩐지 세련돼 보였다. 거기에 뉴욕식 치즈 케이크까지.

　내게 서울은 파리보다 훨씬 더 도시다운 도시다.
미래지향적인 건물들과 아기자기한 옛것이 묘하게 어울리는
그곳에서 사람들은 모두 파파라치 컷 속의 스타 같았다.
아이폰, 유행하는 룩, 명품 가방 그리고 테이크아웃 커피.
모두 커피 한 잔에도 확고한 취향이 있어 보였다. 핸드드립
커피, 더치 커피, 산미가 있는 커피, 바디감이 좋은 커피 등등.

　언젠가 서울 한복판에 있는 '파리' 분위기가 물씬 풍기는
카페에서 누군가 내게 물었다.

　"여기 진짜 파리 같지요?"

　나는 파리보다 더 파리 같다고 대답했다(여기서 파리란
영화 〈아멜리에〉 속에 존재하는 파리라는 것을 그도 알고,
나도 알고 있었다). 우리가 아는 '파리'는 어쩌면 서울에나
존재하는지도 모르겠다. 서울에 오면 끊임없이 내 취향에
대해 생각하게 된다. 서울 사람들은 취향을 즐기는 것도
일하는 것처럼 열심이라 어쩐지 주눅이 든다.

　커피를 좋아하는 친구와 카페에 갔다가 이런 질문을
받았다.

"무슨 커피를 좋아해? 아메리카노? 라떼? 카페모카?
커피는 산미가 있는 것? 없는 것? 샷 추가? 응?"
"아무거나."
질문을 통해 비로소 취향을 알아간다. 내 취향은
'아무거나'다.

서울살이 한 달을 끝내고 파리로 돌아오면 슬슬 서울병을
앓기 시작한다. 파리에서 말고 서울에서 파리지엔느처럼
살고 싶다. 또 병이 도진 것이다. 살만해지면 떠나고 싶은 병.
여기 말고 저기에서 다시 시작하고 싶은 병.
그렇게 떠나고 싶은 날에는 할 일도 없으면서 괜히
노트북을 들고 나간다. 와이파이도 안 터지는 동네 카페로.
아메리카노에 샷 추가를 하고 싶지만 그런 메뉴는 없다. 뉴욕
아니라 L.A. 치즈 케이크도 없다. 밀푀유를 원한 것은 아니다.
아마 그 카페는 20세기 이후로 단 한 번도 메뉴판을 바꾼 적이
없을 것이다. 고집 센 인간들! 물론 더블 에스프레소는 있다.
그러니까 에스프레소 두 잔을 한 잔에 담아 주는 커피다. 두
잔을 따로 시키면 되지 않나, 그게 무슨 의미인지 모르겠다.
거기에 뜨거운 물을 부으면 샷 추가한 아메리카노가 되겠지만,
내가 원했던 것은 재즈나 뉴에이지 BGM이 나오는 카페에서
'샷 추가하시겠어요?'라고 묻는 종업원의 물음에 '네'라고
시크하게 대답하는 것, 그러니까 어떤 이미지 속의 내가 되고
싶었던 것이라고 하자.
언제부턴지 순간 포착된 이미지 혹은 1분짜리 동영상
속에 살고 있다. 상상이 1분 이상을 넘어가지 못한다. 나는
1분짜리 다른 세상을 꿈꾼다. 버리고 싶은 나의 현재가
남루할수록 1분을 더 열망하게 된다. 그리고 이것은 분명
질병이 맞다.

이 병에 대해 말하자면, 역사적으로 유래 깊은 난치병이다. 안톤 체호프가 1900년에 쓴 『세 자매』라는 희곡에서도 이런 병에 걸린 인물들이 등장한다. 아버지를 따라 모스크바를 떠나온 세 자매가 모스크바를 동경하면서 언젠가는 그곳에 돌아가기를 꿈꾸지만 실현되지 않는다는 내용의 희곡인데, 4막 내내 "모스크바에 갈 거야"라는 대사가 반복적으로 나온다. 모스크바에 가면 행복하리라는 착각, 여기 아닌 거기에서 더 행복하리라는 착각. 내게는 그 난치병이 환절기 감기처럼 찾아왔다.

'서울병'을 다스리는 데 시간만 한 약이 없다. 한 달에서 길게는 한 달 반. 여름이 가고 밤이 서늘해지고 와인이 슬슬 달콤해지면 샷 추가한 아메리카노 따위는 까맣게 잊는다. 나뭇잎 떨어지는 노천카페에서 보졸레 와인을 마실 때면, 역시 니나 시몬보다는 세르지 갱스부르의 음악이 어울린다. 와인과 갱스부르, 조금 방탕해지고 싶은 밤이 온다. 갱스부르의 음악에 맞춰 몸을 흔드는 일행들 사이에서 젊은 날 파리를 떠나는 것은 멍청한 짓이라고, 젊음의 끝까지 이곳에 살겠노라 다짐하며 잔을 들어 올린다. 모두 상테(Santé, 건배)!

그리고 겨울이 온다. 크리스마스다. 뉴욕의 크리스마스가 그렇게 멋지다던데, 나는 언제 뉴욕에서 크리스마스를 맞이할 수 있을까? 체호프의 『세 자매』에서 베르쉬닌은 이렇게 말했다.

모스크바에서 살게 되면 모스크바에 대해 무관심해질 겁니다. 우리에게 행복은 없어요. 그런 건 없습니다. 그건 단지 우리의 희망사항일 뿐이에요.

파리에 살다 보니 파리에 무관심해진 것은 맞는 듯한데, 뉴욕은 조금 다른 것 같다. 거긴 분명 다른 맛이 있지 않을까? 다시 말하지만, 이것은 병이다.

파스타 먹고 갈래?

마음에 드는 남자를 카페에서 만났다. 지금껏 만나본 적 없는
순진한 남자다. 이 남자, 맥주 한 잔에 취한 것 같다. 실실
웃는다. 순진한 게 콘셉트일까? 그건 아닌 것 같다. 순진하거나
바보거나 둘 중에 하나다. 나를 좋아한다. 얼굴에 그렇게 쓰여
있다. 그렇다고 잘 보이려 애를 쓰지도 않는다. 말과 행동이
담백하다. 이상한 남자다.

　　그러나 순진한 남자도 나를 좋아하는 남자도 이상한
남자도 내 취향은 아니다. 나의 엑스들은 대체로 발라당
까졌거나 나를 좋아하는 마음이 모자라거나 남들에게
이상하게 보이는 것을 싫어하는 애들이었다. 그러니 해맑은
미소를 지으며 내게 호감을 표시하는 이 남자가 낯설 수밖에.
확실한 것은 내가 알던 종류의 인간이 아니라는 것이다.
무엇보다 빈티지한 가죽점퍼를 입고 있다. 이건 정말 파악하기
어려운 요소다. 어쩌면 극복할 수 없는 부분일지도 모르겠다.
파리에서 옷차림에 신경 쓰지 않는 사람들을 숱하게 봤지만,
빈티지 가죽점퍼를 입은 남자가 내 앞에 앉아 있게 될 줄은
몰랐다(나는 가죽점퍼 입은 남자를 싫어한다. 가죽점퍼를 입은
남자가 남자 짓을 하면 뒤도 안 돌아보고 돌아선다). 다행히
마초의 냄새는 없지만, 가진 옷 중에 제일 괜찮은 것 같아서
입고 나온 것이라고 본인 입으로 말하는 순간 큰일이다 싶다.
치명타다. 진짜 내 취향이 아니다. 그러니까 내 취향에 맞는

것이 하나도 없는데, 놀랍게도 나는 이 남자에게 호감을
느끼고 있다. 이 녀석은 뭘까?

우리는 카페에서 맥주를 마신다. 사실 이 남자가 마음에
들지 않았다면 그냥 에스프레소를 시켰을 것이다. 빨리 마시고
집에 들어가서 도스토옙스키의 『카라마조프의 형제들』이나
읽어야지, 책이나 읽다 죽어야지 생각하면서. 그런데 나는
맥주를 마시고 있다. 한 잔, 두 잔. 남자는 살짝 놀란다. 내가
술을 잘 마시는 게 의외인 모양이다. 나는 멀쩡하고 그는
취했다. 취해서 자꾸 웃는다. 웃는 게 꽤 귀엽다.

대화의 시작은 연극이다. 브레히트, 스타니슬랍스키,
하이너 뮐러, 베르나르 마리 콜테스, 남자의 입에서 내가
좋아하는 작가, 작품, 연출가들의 이름이 줄줄 나온다. 연극
이론과 실기 수업을 함께 들으면서 뭔가 남다르다는 것을
알고 있었는데, 어릴 때부터 연극을 했다고 한다. 역시
그랬군. 나는 그가 훌륭하고 가난한 연극배우가 될 거라고
확신한다. 어떻게 먹고 살려고 하는지. 분명 오지랖이다. 나나
잘하자. 자기가 알아서 잘하겠지. 어쨌든 순진한데 유식하다.
유식해서 좋은 것은 아니고 유식한데 자기가 유식한지 몰라서
좋다. 지식을 자아의 장식품으로 쓰지 않는다. 아마 장난감
정도가 맞겠다. 아주 흥미롭다. 맥주를 더 마셔도 되겠다.

그는 내가 맥주를 음료수처럼 마시는 것을 보며
좋아한다. 내가 재미있는 사람이라고 말한다. 학교에서 본
나는 너무 얌전해서 왠지 차만 마시고, 요가를 좋아하는 동양
여자애가 아닐까 생각했다고. 학교에서 얌전한 것은 내숭이
아니라 불어를 못 해서고, 차보다는 커피가 좋고, 요가보다는
힘을 '빡' 줘서 운동하면 근육이 불끈 솟는 피트니스 운동을
좋아한다고 말했다(그때는 차를 마시지 않았다, 요가도 하지

않았다, 근육질의 몸매를 갖고 싶었다). 그는 내게 술을 많이 마시느냐고 물었다. 나는 술을 많이 마신다는 말이 부끄러워 술을 좋아한다고 대답했다.

"술을 마시면 재미있잖아"라고. 그가 박수를 치며 웃는다. 웃긴 말인가?

자전거가 매달려 있는 카페였다. 그는 그곳을 '몽 카페' (Mon café, 나의 카페)라 불렀다. 프랑스 사람들은 자신만의 카페, 자신만의 빵집, 자신만의 술집 같은 것이 있다고 한다. 나는 프랑스 사람들을 잘 모르니 그가 하는 말이 곧 프랑스의 진실이 된다. 아, 프랑스인들은 그렇구나. 나의 카페, 나의 빵집, 나의 술집이 있구나. 그렇다면 이제부터 나도 그런 것을 만들어 볼까?

나의 카페가 되는 기준을 물었다. 자주 가면 '내 것'이 되는 것이냐고. 그는 자주 가는 곳, 나와 공간이 서로 자연스러운 곳이라고 대답했다. 자연스러운 곳, 내게 그런 곳이 있을까? 아무리 생각해봐도 그런 곳은 없다. 심지어 집도 아니다. 내게 집은 그냥 '집'일 뿐, '내 집'이란 말은 어쩐지 어색하다(월세살이도 어색함에 한몫했다). 처음으로 '내 것'을 만들고 싶어졌다. 자신있게 '내 것'이라 말할 수 있는 것을 갖고 싶어졌다.

그는 '자신의 것'을 이야기한다. 크루아상이 맛있는 그의 빵집, 고기를 많이 넣어주는 그의 케밥 집, 저글링을 하는 친구들이 모이는 그의 공원. 아무 데나 소유 형용사 'Mon' (남성 명사 앞에), 'Ma'(여성 명사 앞에)를 붙인다. 웃기는 애다. 그런데 묘하게 빠져든다. 어디든 자기 텐트를 펼쳐놓고 내 집이라 여기며 사는 사람 같다. 마음에 든다. 나는 부자를 만나고 싶었으니까. 그러니 내가 찾는 사람이 맞는 듯하다.

어디든 내 것이 되는 사람이면 가난하지 않은 마음으로 살 수
있지 않을까.

그는 한참을 떠들더니 '자신의 마음'을 이야기한다.
마음을 잘 돌볼 수 있다고. 희한한 고백이다. 내가 잘 못
알아들은 건가? 그러나 오역이어도 상관없다. 내 마음이
아니라 자기 마음을 돌본다니…… 더 좋다. 자기 마음을
어쩌지 못해서 나를 괴롭히는, 내 마음을 어쩌지 못해 그를
괴롭히는 관계에 지쳤다. 각자 서로의 마음만 잘 돌봐도 이
사랑은 성공할지 모른다는 희망 같은 것이 생겼다. 한번
만나봐야 하나 고민하는 사이에 그가 물었다.

"집이 근처야, 파스타 먹고 갈래?"

라면 먹고 갈래의 프랑스 버전인가, 그렇다면 위(Oui,
예스)! 나는 그날 밤, 10시에 파스타를 먹었다. 배가 고프지
않았는데 한 접시를 다 먹었다. 물론 천천히, 평소보다 느리게.
이런, 지하철이 끊겼다. 우리 집은 꽤 멀고 택시비는 아깝다.

나는 그렇게 마음을 돌보는 일을 시작하기로 했다.
다음 날 그 남자와 '그의 카페'에서 모닝커피를 마셨다.
에스프레소를 마시면 빨리 헤어질까 봐 더블 에스프레소
두 잔을 마셨다. '그의 빵집'에서 산 크루아상도 함께
먹었는데, 살면서 그보다 더 맛있는 크루아상을 먹어 본 적이
없었다(연애의 시작이어서가 아니라 정말 맛있는 빵집이었다).
이제부터 그 크루아상을 몽 크루아상(Mon croissant,
나의 크루아상)이라 부르기로 했다. 내 것이 하나 생겼다.
그날 밤에는 커피를 너무 많이 마셔서 잠이 오지 않았다.
도스토옙스키의 『카라마조프의 형제들』을 읽기에 딱 좋은
밤이었으나, 그와 전화 통화를 하느라 책을 펼치지도 못했다.

14년 전 연애 이야기다. 연애 이야기를 했는데 배가
고파지는 이유는 뭘까? 그때 먹었던 파스타와 크루아상이
그립다. 집 근처에 맛있는 크루아상을 파는 빵집이 없으니
빵은 포기하지만, 파스타 재료는 얼마든지 구할 수 있다.
14년 전에 그가 해줬던 파스타는 가지와 양파, 프로방스
허브를 곁들인 담백한 맛의 파스타였는데, 이탈리아인
친구에게 배운 것이라고 늘 자랑하곤 했다. 그래, 가지를 사
가야겠다. 마침 가지가 제철이다.

가지를 사고 집에 돌아가는 길에 같이 사는 남자의
표정을 상상한다. 그때 그 맛을 똑같이 재현해보라고, 그 맛이
나지 않는다면 네 마음이 변한 것이라고 엄포를 놓으면 어떤
반응을 보일까? 아마도 그는 순진한 눈을 끔뻑거리며,
그때 그 맛을 내기 위해 고군분투할 것이다. 얼마 전에 배운
한국어 '어떡해, 미치겠다'를 외치면서 면을 삶고 가지를
자르고 발을 동동 구르겠지.

가지를 끌어안으며 생각한다. 내게는 아직 희망 같은
것이 있다고, 어쩌면 이 사랑이 성공할지도 모른다는 희망이.

바스티유, 어느 카페에서

장미꽃을 품에 안은 남자가 카페에 들어온다. 그는 연인들이
앉은 테이블을 돌며 장미꽃을 내민다.
"사랑하는 연인에게 꽃을 선물하세요."
"괜찮습니다."
슈트를 입은 한 남자가 마주한 애인의 눈치를 보며
거절한다.
"미안합니다. 불어를 몰라요."
커플티를 입은 중국인 커플이 영어로 사과한다.
아랍 남자는 포기하지 않고, 카페 구석에 앉은 커플이 있는
테이블로 향한다.
"사랑하는 이에게 장미꽃을 선물하세요."
머리가 희끗희끗한 남자가 대답한다.
"아니요, 괜찮습니다."
아랍 남자가 한 번 더 조른다.
"선생님, 사랑하는 여인을 위해 장미꽃을 선물하세요."
남자보다 머리가 더 하얀 여자가 말한다.
"고맙지만 사양할게요. 우린 이미 잤거든."
아랍 남자가 조용히 카페를 나간다.

노트르 카페, 우리의 카페

그가 아침마다 빵집으로 뛴다. 그는 따뜻한 바게트와
크루아상을 놓쳐서는 안 된다고 말한다. 나는 카페에서
그를 기다린다. 그의 스웨터를 입고 카페 온풍기에
머리를 말리면서. 고개를 들어 천장을 보면 매달린 자전거가
눈에 띈다. 자전거는 왜 저기 있을까? 카페 주인이 라디오를
틀자 옛 노래가 나온다.

C'est une chanson qui nous ressemble
그건 우리와 닮은 노래예요

자크 프레베르의 시이자 이브 몽탕의 노래. 자, 가을이다.
〈고엽〉*이 들리면 가을이 온 것이다. 1945년 프레베르가
쓴 시 한 편이 2007년 낙엽과 함께 뒹군다. 낙엽이 있는 한
프레베르의 시는 죽지 않을 것이다. 나는 프레베르가 쓰고 이브
몽탕이 읊는 가을을 듣는다. 노트르 카페(Notre café, 우리의
카페)에서! 그의 카페는 이제 우리의 카페가 됐다. 10월 한 장
내지 않고 소유권을 주장하고 있으나 카페 주인은 커피값만
낸다면 상관없는 눈치다. 다행히 우리에게는 커피값이 있다.
더블 에스프레소를 시킨다. 그것도 모자라면 에스프레소를

* 미국의 재즈 스탠다드 넘버로 유명한 〈Autumn Leaves〉의 원곡은
〈Les feuilles mortes〉라는 샹송이다.

한 잔 더 마실 생각이다. 내 심장은 얼마나 튼튼한지! 커피 정도야 물처럼 마실 수 있다. 물론 주머니 사정은 다르다. 커피를 실컷 마신 대가로 점심을 굶어야 한다. 어제는 그가 굶고 오늘은 내가 굶는다. 내일은 둘 다 굶어야 할 판이다. 그러나 연애라면 모름지기 끼니를 논해서는 안 된다. 끼니를 때우는 것은 생활의 영역이고 먹어봐야 입만 즐거운 커피와 크루아상은 판타지의 영역이다. 연애는 판타지에서 생활의 영역으로 넘어가는 여정이고, 나는 지금 스텝 1, 판타지의 영역에 있다. 그러니 배가 고프지 않다. 꼬르륵 소리는 빵과 커피가 소화되는 소리다.

스탕달은 이것을 '결정작용'이라 불렀다. 잘츠부르크의 소금 광산 깊은 곳에 잎이 떨어진 나뭇가지를 던져놓고 한참 후에 꺼내보면 그 나뭇가지가 온통 소금 결정체로 뒤덮여서 반짝이는데, 소금 결정이 평범한 나뭇가지를 다이아몬드처럼 빛나게 하는 것, 그것이 결정작용이며, 사랑이란 바로 이런 결정작용이라고 말했다. 내 인생의 마른 나뭇가지들이 소금 결정체로 빛나는 중인데 밥 좀 굶으면 어떠하리.

파리는 잠시 멈춰 있다. 해마다 찾아오는 파업이다. 지하철은 일찍 끊기고, 학교는 문을 닫았지만, 그것조차 반갑다. 우리가 인연이라는 계시가 아니겠는가? 잠시도 떨어지지 말라고 세상이 이렇게 우리의 연애를 돕고 있지 않은가! 세상은 우리의 놀이동산이다. 파리는 지금 우리의 연애를 위해 존재한다.

사방에 빛나는 것이 넘친다. 빛나는 것 하나, 손바닥만 한 낙엽들. 이브 몽탕이 제아무리 고엽을 쓸쓸하게 불러도, 태양의 기다란 옷자락 위로 떨어지는 잎들은 죽은 잎이 아닌 불시착한 별이다.

"아, 낙엽이 별처럼 떨어지네."

"이렇게 환한데?"

"우리가 볼 수 없어서 그렇지 낮에도 별은 저기 하늘에
있잖아."

"하하하! 그러네, 낮에도 별이 우수수 떨어지네."

빛나는 것 둘, 유리창에 그린 정체를 알 수 없는 그림들.
대가리가 크고 몸이 나뭇가지 같은 형체 둘이다.

"머리가 긴 것은 너고 머리가 짧은 것은 나다."

"그렇다면 치마를 입은 것은 나고 바지를 입은 것은 너다."

"하하하! 이렇게 재미있다니. 유리창에 그림을 그리는 게
이렇게 재미있을 줄이야."

빛나는 것 셋, 천장에 매달린 자전거.

"카페 주인이 어렸을 때 자전거를 갖는 게 소원이었대.
동네 친구들은 모두 자전거가 있는데 자기만 자전거가
없으니까 매일 놀림을 받았나 봐. 집이 가난해서
자전거를 살 수 없으니, 나무에서 자전거가 열리게
해달라고 기도했대. 자전거가 열매처럼 열리면 얼마나
좋겠어! 그러니까 저건 자전거가 열리는 나무인 거야."

"그래? 그렇게 듣고 보니 웬 고목이 가지를 길게 뻗고
있는 것 같네. 전선이 아니라 나뭇가지 같아."

"사람들이 이곳을 자전거 나무라고 불러."

"하하하! 그렇게 귀엽다니. 자전거가 그렇게 귀여운
열매인 줄 몰랐네."

한낮에 떨어지는 별, 유리창에 그린 그림, 매달린
자전거. 어디에서도 웃음 포인트를 찾을 수 없지만
배꼽 빠지게 웃던 2007년 11월, 나는 스탕달의 『연애론』에
이런 문구를 적었다.

파리는 빛나는 도시. 그러니 연인들이여, 파리의 가을로 가자. 카페에 앉아 한낮에 떨어지는 별을 보자. 유리창에 그림을 그리자. 매달린 자전거를 따서 오래오래 달리자. 분명 내가 쓴 글이 맞긴 하지만, 무슨 소리인지…….

어쨌든 나는 지금 연애의 마지막 단계, 생활의 영역에 무사히 안착했다. 같이 사는 남자가 물구나무를 서면 모를까, 하하하 웃을 일은 별로 없다. 연애뿐만이 아니라 살면서 하하하 웃을 일이 없는 것 같다. 그래도 가끔 하하하 웃는 척을 하는 것은, 그가 물구나무를 서며 재주를 부리는 모습이 어쩐지 안쓰러워서.

소금 결정체는 녹았지만 서로의 마른 나뭇가지는 흉측하지 않다. 매일 우리에게 달려든 혹독한 바람이 결정작용보다 강력한 전우애를 만들었다. 우리는 같은 편에서 싸우고 있다. 바람을 가르는 펀치력은 없지만, 맷집이 늘어난 그에게서 나를 본다. 내가 빛나는 나뭇가지에게 내어 줄 수 있는 것은 '하하하' 기쁜 웃음이 전부였지만, 마른 나뭇가지가 된 나의 전우를 위해서는 총 한 발쯤 대신 맞아줄 수도 있다. 그런 마음으로 그를 보면, 웃기지 않아도 웃을 수 있다. 웃음쯤이야 얼마든지!

이제 스탕달의 『연애론』은 내게 낡은 책이 됐다. 사랑을 이론으로 말할 수 있는 사람은 사랑을 이미 벗어난 사람이라 생각한다. 길 위에 있는 사람이 지도를 그릴 수 없듯이, 사랑 중에 있는 사람은 사랑을 말할 수 없다.

나는 나의 사랑이 무엇인지, 어떤지 말할 수 없다. 내가 말할 수 있는 것은 사랑의 바람뿐이다. 내 사랑의 바람은 치사하지 않은 사랑. 마음의 크기를 비교하지 않고, 내가 잃은 것과 그가 얻은 것을, 그가 잃은 것과 내가 얻은 것을 셈하지 않고, 속도와 거리와 길이와 면적을 측정하지 않는, 그런 사랑을 하고 싶다.

다시 가을이다. 여전히 사랑하고 있다.

카페라 부를 수 있는 곳

19구에 이삿짐을 풀던 날은 초겨울이었다. 떨어진 간판을
돌보지 않은 가게, 노숙자들이 삼삼오오 앉아 있던 지하철역,
아랍 가게, 아프리카 상점, 중국 식당, 내가 살게 될 동네는
꽤 다국적인 매력이 있는 곳이었다. 《보그》에는 없고
「리베라시옹」에는 있는, 우디 앨런의 〈미드나잇 인 파리〉에는
없고, 뱅상 카셀의 〈증오〉에는 있는 그런 파리다.

나는 19구에 빠르게 적응했다. 크기와 비교하면 비교적
저렴한 집세도 만족스러웠고, 무엇보다 큰 공원과 운하가
있다는 것이 좋았다. 그러나 마음에 드는 카페를 찾는 일은 왜
그리 어려웠던지. 나는 동네 카페에 갈 때마다 동양 여자를
바라보는 이상한 시선과 기분 나쁜 농담 사이에서 싸울지
숨을지 망설이는 일에 금세 지쳐버렸다. 덩달아 커피 맛도 뚝
떨어졌다. 몇 번의 싸움과 몇 번의 포기를 거듭하고 카페를
나왔다. 이제 답은 맥도널드뿐이었다.

동네 맥도널드 앞에는 동전을 달라고 손을 내미는
노숙자와 담배를 달라고 조르는 애들, 그리고 먹이를 쫓는
비둘기들이 모여 있었다. 동전도 뺏기고, 담배도 뺏기고,
심지어 비둘기에게 빵을 뺏기는 일이 허다했으나, 적어도
그 맥도널드에는 이상한 시선과 농담은 없었다. 이유는 알
수 없지만, 그곳에는 사람을 향한 시선이랄 게 없었다. 모든
열망의 눈빛은 오직 빅맥 세트를 향할 뿐. 물론 조금 더

순수한 영혼이라면 해피밀 세트를 노렸을 테지만.

비가 오던 날이었다. 커피를 사러 맥도널드에 들어가는데
어떤 여자가 나를 붙잡았다. 터틀넥 스웨터 안에 집어넣은
머리카락, 딱 붙은 청바지, 낡고 수수한 옷차림이었지만
단정해 보였다. 얇은 검은색 외투를 입고 있어서 비옷인가
싶었는데, 자세히 보니 검은색 비닐봉지였다. 100리터짜리
쓰레기봉투. 그제야 그 여자의 정체를 눈치챘다. 파리에서
카페만큼 흔하다는 노숙자였다.

여자는 내게 물었다.

"아가씨, 커피 한 잔만 사줄 수 있어요?"

돈을 달라거나 담배를 달라고 했다면 그냥 갔을 것이다.
해가 쨍한 날이었으면 대꾸도 하지 않았을 것이다. 그렇지만
그날은 비가 왔고, 그 여자가 원하는 것은 그저 커피 한 잔
이었으니까…….

커피 두 잔을 사서 한 잔은 내가 갖고, 나머지 한 잔은
여자에게 건넸다. 여자가 내게 이름을 물었으나 대답하지
않았다. 여자는 자신을 크리스틴이라고 소개했다.
나는 그 말이 자신의 이름을 불러 달라는 뜻으로 들렸다.
크리스틴과 나는 맥도널드 커피를 들고 길을 걸었다. 함께
걸을 생각은 아니었으나 가는 방향이 같은 듯했다. 5분 정도
걸었을까, 한 번도 문을 연 것을 본 적 없는 잡화점 앞에서
크리스틴이 멈춰 섰다.

"여기."

여기가 집이라는 뜻인지, 여기서 잠시 기다리라는
뜻인지 모호한 그 말이 내 걸음을 붙잡았다. 크리스틴은 나의
반응과는 상관없이 자연스레 신발을 벗었다. 그리고 털썩
주저앉았다. 매트리스가 눈에 띄었다.

거기, 상점 문 밑에 크리스틴의 집이 있었다. 손을 뻗으면 쌩쌩 달리는 푸조 407과 시트로엥 C3의 사이드미러가 닿을 것 같은 길 위에 담장이 없고, 문이 없고, 창이 없는 집이 있었다. 세상에 있으나 세상은 모르는 집. 그러나 그곳은 집이 분명했다. 사람이 살고 있어서가 아니라, 집이라 인식하게 되는 어떤 '질서' 같은 것이 있었기 때문이다. 한쪽에 놓인 매트리스, 그 옆에 차곡차곡 쌓아 올린 책들, 와인병에 꽂아 둔 마른 풀들, 얌전히 개어 놓은 분홍색 담요, 휴대용 라디오와 에비앙 물 한 통.

크리스틴은 쓰레기봉투를 벗어서 한쪽에 개어 놓고, 담요를 뒤집어쓴 채 커피를 마셨다. 건물 처마 밑에서, 내 우산 끝에서 떨어진 빗물이 담요를 적셨다. 크리스틴은 라디오를 켰다. 고장 난 것이 아닌가 싶을 만큼 작은 볼륨이었는데 그 여자에게는 그 소리가 들렸을까, 그녀는 고개를 흔들며 박자를 맞추고 있었다.

나는 그곳에 서서 그곳에 누워야 볼 수 있는 것들에 대해 생각했다. 구두, 바퀴, 밟히면 너무 아플 것 같은 것들이 아슬아슬하게, 무심하게 지나갔다. 죽은 나뭇가지와 낙엽도 굴렀다. 나는 방문을 닫는 마음으로 크리스틴의 집을 등지고 집으로 돌아왔다. 집까지 오는 데 딱 3분이 걸렸다.

그날 이후 맥도널드에 갈 때마다 크리스틴의 집을 기웃거렸다. 화창한 날에 그녀는 매트리스에 앉거나 누워서 책을 읽고 있었는데, 무슨 책인가 궁금해서 들여다보면 언제나 에밀 졸라였다. 문고판 에밀 졸라만큼 많이 버려지는 책이 또 있을까? 길가에 버려진 책을 뒤져보면 언제나 에밀 졸라가 있다. 이유야 알 수 없지만(문고판 표지를 보면 알 것도 같다) 버려진 에밀 졸라의 문학은 지극히 프랑스적인 방식으로(자유, 평등, 박애) 파리 곳곳에 문학을 전파한다.

그러니 파리에서 에밀 졸라를 읽는 노숙자를 만나도 너무
놀라지 말기를. 그들이 당신에게 에밀 졸라를 좋아하냐고
물어도 비웃지 말기를. 대답 대신 동전을 준비하기를.

크리스틴은 눈만 마주치면 뭔가를 사달라고 조르거나
돈을 달라고 하는 뻔뻔한 노숙자는 아니었다. 아주 가끔, 커피
한 잔을 정중하게 부탁했을 뿐이다. 커피가 너무 마시고 싶은
날이 있지 않은가? 그런 날을 생각하면 커피 한 잔을 건네는
일만큼은 너그러워진다. 그 정도의 온기를 나눌 수 있는
사람으로 사는 일이 다행이라 여겨진다.

어느 맑은 날, 맥도널드 테이크아웃 커피를 들고
크리스틴의 집으로 찾아갔다. 똑똑, 허공을 두드리는 소리를
입으로 대신했다. 크리스틴은 언제나 그렇듯 에밀 졸라의
『목로주점』을 읽고 있었다. 언젠가 크리스틴이 그 책에 대해
"평생 이 책만 읽다 죽어도 괜찮다"라고 말한 적이 있었는데,
이유를 물으니 '평범함'이라고 대답했다. '어떤 점이?'라고
묻고 싶었지만, 오래전에 읽은 목로주점이 가물가물하여
그만뒀다.

우리는 함께 커피를 마셨다. 크리스틴은 매트리스
위에서, 나는 그 집 문턱에서. 그녀는 라디오 볼륨을 조금
높여 어색한 침묵을 메웠다. 프랑스의 국민 가수 조니
할리데이의 〈불〉(Le feu)이 흘러나왔는데, 조니 할리데이
음악을 싫어하는 나로서는 침묵보다 훨씬 더 어색한
시간이었다. 크리스틴은 '조니'를 좋아한다고 했다. 살면서
조니를 좋아하는 사람과 조니의 노래를 들으며 커피를
마시게 될 줄이야. 조니를 향한 나의 미적지근한 반응에
크리스틴은 조금 멋쩍은 얼굴로 "여기가 카페지 뭐"라고
말했다. 농담인지 진담인지 몰라 그냥 피식 웃었다.
생각해보면 틀린 말은 아니었다. 커피를 한 잔 마시다 보면

조니 음악이 나올 수도 있고, 조니 음악을 듣다 보면 조니를
좋아하는 사람과 농담 한마디를 나눌 수도 있고. 그렇다,
그런 것을 할 수 있는 곳을 우리는 '카페'라 부른다.

　　신문에도 없고, 영화에도 없고, 블로그에도 없는 나만이
알고 있는 파리의 카페 이야기다. 맥도널드 테이크아웃 커피
한 잔을 손에 쥐어야 찾아갈 수 있는.

　　크리스틴을 알게 된 후로 한밤중에 경찰차 혹은 구급차의
사이렌 소리가 들리면 쉽게 잠을 이루지 못했다. 어떤 신발과
바퀴가 크리스틴의 집을, 카페를 무너뜨릴지도 모른다는
생각을 하면 머리카락이 쭈뼛 섰다. 여자로 보이지 않기 위해
한여름에도 터틀넥 스웨터 안에 머리카락을 집어 넣고
이불을 끝까지 뒤집어쓰고 잔다고 했는데, 누가 빗자루로
쓸어버릴까 봐 집을 더 말끔하게 정돈한다고 했는데.

　　19구를 먼저 떠난 것은 나였고, 그 이후로 크리스틴의
소식은 들은 적이 없으니 그녀가 지금도 그곳에 살고 있는지는
알 수 없다. 그저 사나운 밤이 오면, 바퀴와 신발이 밟고
지나갈 수 없는 집 안에서 그녀의 안위를 염려할 뿐이다.
크리스틴이 불행의 가장 확실한 피난처인 잠에 잘 숨어
있기를, 그 지붕 없는 집의 문고리를 단단히 걸어 잠그기를
바랄 뿐. 너무 먼 곳에서 전하는 쉬운 마음이지만, 나는 그녀가
여전히 비오는 날에는 커피 한 잔을 마시고 화창한 날에는
에밀 졸라의 책을 읽을 수 있기를 진심으로 바라고 있다.

오 보 도 도

카페 오 보 도도는 페르 라셰즈 공동묘지의 소맷자락과 맞닿아
있다. 페르 라셰즈의 나무들이 팔을 벌려 휘저으면 커다란
나뭇잎들이 후두두 떨어지고, 떨어진 낙엽은 오 보 도도 앞에
무덤처럼 쌓인다. 오 보 도도 주인의 하루는 이 나뭇잎들을
치우는 일로 시작된다. 그리고 그 일이 끝나면 에스프레소를
마시면서 신문을 읽거나 신문에 있는 별자리 운세를 본다―
때로는 손님들에게 별자리 운세를 읽어주기도 한다.

　　페르 라셰즈는 관광객들이 많이 찾는 명소이지만,
공동묘지라는 특성 때문인지 조용한 편이다. 묘지 가이드의
설명은 기도문처럼 들리고, 무리 지어 있는 이들은 관광객인지
유족인지 구분이 되지 않는다. 한마디로 관광지 특유의 들뜬
분위기가 없다. 그러니 오 보 도도가 관광지의 수혜를 입은
카페라 할 수는 없을 것이다.

　　오 보 도도는 점심 식사 시간을 제외한, 그러니까 음료를
판매하는 시간에는 한가하다. 즉 빈 테이블이 많다. 유난히
손님이 없는 날에 오 보 도도의 주인은 아무래도 이름을 잘못
지은 것이 아닐까 고민한다. 가수의 운명은 노래 제목을
따라간다고 하던데, 가게의 운명도 간판에 적힌 이름을
따라가는 것일까. 어쨌든 주인의 사정과는 상관없이 나는
오 보 도도가 아름다운 이름이라 생각한다. 오 보 도도,
자꾸 부르게 된다.

오 보 도도의 아침은 조용하다. 음악이 없기 때문이다.
음악이 없는 공간을 채우는 것은 공간의 고유한 소리다.
에스프레소 기계 소리, 의자를 빼는 소리, 발걸음 소리. 각자
자신의 영역을 지키는 것들이 만들어 낸 화음과 박자가 있고,
그것들은 음악의 빈자리를 채운다. 오래된 악기 같은 오래된
도시, 파리가 내는 소리다. 그런 연주를 듣고 있자면 파리가
젊은 도시가 아니라는 사실이 얼마나 기쁜지! 언젠가부터
나는 파리의 늙은 얼굴을 사랑하게 됐다. 오 보 도도에는
그 모습이 있다.

오 보 도도의 주인이 음악을 틀지 않는 이유는 누군가의
잠을 깨우지 않기 위해서다. 그도 그럴 것이 그 카페의
이웃들은 모두 영원한 잠에 빠져 있지 않은가! 잠든 이를
바라보는 조용한 호흡, 나는 그 공간의 호흡을 따라 천천히,
오 보 도도의 리듬에 맞춰 수면과 각성의 상태를 오간다.
카페가 아니라 호텔을 지었으면 좋았을 텐데.

오 보 도도에 가는 날은 먼저 페르 라셰즈 공동묘지를
산책한다. 공동묘지 입구에 커다란 지도가 있지만, 나는
매번 그곳에서 길을 잃는다. 목표 지점을 정하면 사태는
더 심각해진다. 오스카 와일드 무덤을 찾으러 갔다가
발자크 무덤에서 묵념을 하고 오거나, 쇼팽 무덤을 보러
갔다가 짐 모리슨에게 인사하는 일이 셀 수 없이 많다.
그러나 무덤의 위치가 어딘지, 소유자가 누군지 그런 것들이
뭐가 중요하겠는가? 영혼이 구획을 정해 놓고 누워 있는
것도 아닐 텐데.

페르 라셰즈를 방문하기로 했다면 정신을 바짝 차리기를!
그저 무덤 몇 개 있는 공동묘지로 생각한다면 오산이다.
그곳은 산 자를 유혹하는 죽은 자들의 왕국이다. 그리고
그 왕국은 사람들의 시간을 훔친다. 아침에 걷기 시작하면

훌쩍 점심이 되고, 오후에 들어가 이제 나가야지 하면 해가
눕는다. 그 왕국은 그렇게 훔친 시간으로 영원을 만든다.
언젠가 오스카 와일드가 잊힐지라도 오스카 와일드의 묘비에
남은 키스 마크는 영원할 것이다. 스마트폰에 카메라 기능이
있는 한, 오스카 와일드 무덤도 영원할 것이다. 나 역시
그곳에 갔다가 시간을 도둑맞은 적이 한두 번이 아니다.
꼭 반나절씩 시간을 빼앗기고 나온다.

　　페르 라셰즈가 시간을 훔치는 방법을 몇 가지 알고 있다.
무덤과 무덤 사이에서 길을 잃게 만들거나, 생각과 생각
사이에서 방황하게 만드는 것이다. 나는 그곳에서 길을 잃고,
생각의 둘레를 끊임없이 돈다. 시간이 흐트러진다. 어떤 날은
아주 오래된 과거로 훌쩍 건너뛰기도 하고, 또 어떤 날은 먼
미래로 달려가기도 한다. 1900년 11월 30일, 오스카 와일드의
마지막으로부터 20××년 나의 마지막까지. 나는 무덤가에서
죽음의 둘레를 몇 바퀴 돌아 오늘에 이른다. 오늘의 나에게
묻는다. 살고 있는지, 사는 것처럼 살고 있는지. 나는 망자의
왕국에 시간을 내어주고 오늘을 얻어 나온다.
　　페르 라셰즈의 미로 투어를 마치고 나면 오 보 도도로
간다. 그곳에서 오늘의 첫 커피와 함께 아침을 맞이한다.
해는 이미 중천인데. 그러나 어떤 커피는 시간을 유예하기
위한 수단이 되기도 한다. 나는 아침을 조금 더 살기 위해
오 보 도도에 온다.
　　그 카페의 에스프레소 맛은 매우 고소하다. 쓴맛보다
고소함이 오래 남는 에스프레소는 드물다. 그것만으로도
오 보 도도에 가야 할 이유는 충분하지 않은가? 페르 라셰즈를
방문하는 이들에게 오 보 도도를 추천해주고 싶지만, 이제
그때 그 오 보 도도는 없다. 지금은 '오 보 도도' 호텔 겸

레스토랑이 있는 것으로 알고 있지만, 내가 알던 그곳은 아니다. 현재 오 보 도도 레스토랑에서는 양갈비 스테이크를 판다고 한다. 물론 가보진 않았다. 무덤가에서 양갈비를 먹고 싶진 않다. 커피는 되고 양갈비는 안 되는 이유를 굳이 설명하자면, 장례식장에서 상추쌈을 먹지 않는 이유와 같을 것이다. 죽음 앞에서 굳이 입을 크게 벌리고, 턱에 힘을 주며 상추쌈을 먹거나 갈비를 뜯고 싶진 않다. 거기서는 그냥 커피가 낫겠다. 아차, 오 보 도도의 뜻을 빼먹었다.

'오, 아름다운 잠이여!'

그때 그 시절의 오 보 도도는 이름을 따라 아름다운 잠에 빠져 다시 깨어나지 않는다.

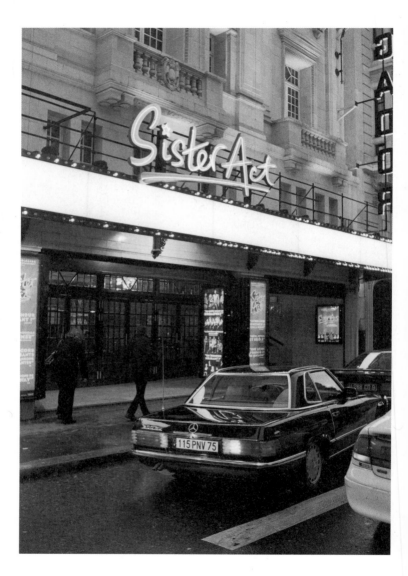

카페가 아니라 카페 화장실

봄부터 초여름까지 센 강은 파리지앵, 파리지엔느들의
노천카페로 변신한다. 일주일에 한 번은 센 강에서
고꾸라지는 계절이 온 것이다. 여기저기서 들리는 기타 소리,
노랫소리, 웃음소리, 파리의 축제가 시작됐다. 센 강은 이
황홀한 계절을 위해 흐르고, 우리는 이날을 위해 우중충한
겨울을 견디지 않았던가! 자, 무릎을 내어 줄 준비가 됐다.
　당신이 센 강에서 밤의 피크닉을 준비한다면 와인을
추천하고 싶다. 식사 전에 가볍게 마실 스파클링 와인 한 병과
간단한 식사에(샌드위치나 치즈류) 어울리는 너무 무겁지
않은 로제 혹은 레드 와인 N병. 맥주는 권하고 싶지 않다.
파리의 공중화장실은 지옥이니까.
　프랑스에 온 지 얼마 되지 않아 어느 프랑스 아주머니
집에 저녁 식사 초대를 받았다. 맛있게 식사를 하고, 디저트를
먹던 중에 아주머니가 꼭 당부할 말이 있다고 하시더니
갑자기 자리에서 일어나 스쿼트 자세로, "절대 잊지 마!
프랑스의 공중화장실에서 궁둥이를 붙이고 앉아서는 안 돼.
이렇게, 이렇게 앉는 거야"라고 말씀하셨다. 직접 포즈까지
취해주시다니, 중년의 다정함이여! 나는 아주머니의 그
따뜻한 가르침을 지금도 잊지 않았다. 그날 이후, 파리에
사는 내내 화장실에 가고 싶을 때마다 아주머니의 얼굴과
스쿼트 자세를 떠올렸다. 일단 참았다. 참는 게 버릇이 되다

보니 참지 않아도 될 때와 참아야 할 때를 구분하지 못하고 참았다. 화장실만이 아니다. 참으면 칭찬받고, 참으면 조용히 넘어가고, 참는 게 더 나은 많은 일들. 그리고 여전히 참고 있는 것들이 있다. 다시 말하지만 화장실 이야기만은 아니다.

시간이 흘러 웬만한 상황에서는 참을 수 있을 만큼 내공이 생겼지만, 언제나 센 강이 문제다. 아니, 센 강에서 마시는 알코올이 문제다. 낭만적인 밤의 피크닉에 화장실 문제가 개입되는 것은 현실이고, 인생이다. 그리고 우리를 현실로 되돌려 놓는 것들은 낭만만큼 힘이 세다. 바람이 코끝을 살짝 간지럽히고, 푸른 물이 일렁거리는 밤, 옆자리에서 누군가 기타를 치며 노래하고, 스파클링 와인의 코르크 마개가 로켓처럼 '펑' 하고 솟아오를 때, 화장실이 가고 싶다면, 더러운 화장실을 용납할 수 없는 사람이 화장실에 가고 싶은 욕구를 참을 수 없다면, 방법은 하나다. 가장 가까운 카페로 뛰는 것이다. 동전은 필수다—대부분 카페는 10유로 미만은 카드를 받지 않는다. 실컷 뛰어 왔는데 동전이 없어서 화장실을 못 간다면……

카페에 들어갔다면 일단 스탠드바로 향한다. 바에서 주문하면 테이블에 앉아서 주문하는 것보다 커피값이 더 저렴하다. 잊지 말자. 당신의 목적은 카페가 아니라 카페 화장실이다. 테이블은 사치다. 에스프레소를 시킨다. 제일 싸고 가장 빨리 마실 수 있으니까. 와인과 센 강이 우리를 기다리고 있는데 꾸물거릴 여유가 없다. 화장실에 다녀와 적당히 식은 에스프레소를 입안에 단숨에 털어놓고 다시 뛴다. 괜히 실실 웃음이 나올 것이다. 발을 헛디뎌서 넘어지기라도 한다면 데굴데굴 구르면서 웃을 것이다. 세상에, 넘어지다니! 무릎이 깨지다니, 너무 웃겨!

봄, 센 강, 파리, 와인, 세상이 사랑스러워 보이는 이유가 거기 다 있으니, 우리는 그저 즐기면 된다. 혐오하는 인간이 있다면 그를 위해 건배하길. 내가 너를 용서하노니 너는 이 행복만큼은 평생 누리지 말고 살아라. 상테(Santé, 건배)!

아페리티프*로 스파클링 와인을 마셨다면 이제 잔 교체가 필요하다. 잔이 부족하다면 물로 헹구기라도 하자. 품종이 다른 와인을 같은 잔에 따르는 것은 와인에 대한 예의가 아니다. 로제 와인, 레드 와인이 밤을 붉게 물들일 시간이 왔다. 개인적으로는 고급 와인의 묵직함보다 캐주얼한 와인의 산뜻함을 좋아한다. 줄리에나스(juliénas)처럼 타닌이 적은 보졸레도 좋고, 용돈이나 월급 받은 날 혹은 기념일이라면 샤또뇌프 뒤 파프**는 어떨까.

좋은 와인일수록 아끼지 말고 일찍 마시기를. 취하면 맛이 다 무슨 소용이란 말인가.

레드 와인을 몇 잔 더 마시면 다시 한 번 신호가 온다. 처음보다 훨씬 더 참기 어려울 테니 애초에 버티지 말자. 다시 카페로 뛴다. 나는 보통 2인 1조로 움직이며 민망함을 극복했지만, 영 창피하다면 옆 카페로 가도 좋다. 파리에 비둘기만큼 많은 것이 카페다. 중학생 시절로 돌아간 것처럼 친구의 손을 잡고 뛴다. 너 취했어! 진짜? 너무 웃겨, 진짜 웃겨. 성인 여자 둘이 손잡고 화장실에 가는 것은 웃긴 일이다. 그 연대는 든든한 것이다. 얼마나 건강한 우정인가.

마지막 남은 이성은 막차 시간이 다가옴을 호소하지만, 그 힘 없는 목소리는 점점 커지는 기타 소리에 묻혀버리고……

* Apéritif : 식전주.
** Châteauneuf du pape : 보르도와 브루고뉴 와인밖에 경험하지 못한 사람들에게 추천하고 싶다. 골격과 산미와 깊이감의 균형이 매우 좋다.

지하철이 끊겼다. 누군가 말한다. 나이트 버스가 있잖아.
그런데 그 버스가 우리 집까지 가나? 글쎄, 이미 늦은 것 같은데
그냥 마시자.

그런데 카페는? 카페도 문을 닫지 않았나?

세 번째 신호가 온다. 첫 번째, 두 번째보다 더 강력하다.
몸이 꼬인다. 이제 우리는 어디로 가야 하나?

200미터 앞에 공중화장실이 있다. 그 화장실에 관해서는
쓰지 않는 편이 나을 것이다. 100미터 앞에는 커다란 트럭이
있다. 여자애들 둘이 쭈그리고 앉으면 몸이 완전히 가려질
만한. 변기에 절대 엉덩이를 대지 말라던 아주머니의 목소리와
그 안정적인 스쿼트 자세가 생생하게 떠오른다.

자, 이제 어디로 가야 할까?

당신이라면 어디로 가겠는가?

바다가 보이던 카페

여름 바다와는 인연이 없었다. 어릴 때부터 바다는 여름에
가는 것이 아니라고 배웠다. 바가지요금, 몰려드는 인파,
사건 사고. 오랫동안 여름 바다는 내게 불온한 낭만이었다.

바다는 죄가 없다고 애인이 말했다. 우리는 프랑스
남서부의 항구 도시로 떠나는 중이었다. 애인은 그곳에서
여름 동안 일을 하게 됐고, 나는 아르바이트로 일하던 곳에서
해고된 참이니 어디로 떠나든 상관없었다. 파리만 벗어날 수
있다면.

파리에서 출발하여 저녁에 그곳에 도착했을 때는 여름은
없고 사나운 바닷바람만 있었다. 머리가 헝클어져 산책하는
사람들 두세 명은 언젠가 겨울 바다에서 만났던 사람들과
별반 다를 것 없는 표정을 짓고 있었다. 그러니까 바람이나
파도가 조금 원망스러운 얼굴들. 비 때문이었을까. 그날 비가
내리고 있었다. 바다에 내리는 비는 계절을 지웠다.

다음 날은 해가 떴다. 애인의 말처럼 바다는 죄가 없었다.
비교적 고즈넉한 휴양지였던 그 도시에는 밀려드는 인파나
사건 사고 같은 것은 없었고, 모래사장에 혼자 누워 책을 보는
사람들 혹은 아이를 데려온 엄마들이 평화로운 시간을 보내고
있었다. 첫날을 제외하고는 줄곧 잔잔한 바다를 봤다. 성숙한
여름의 얼굴이었다.

바다를 낀 동네에서 나는 매일 카페에 갔다. 눈을 뜨자마자 수영복을 입고, 커다란 타올 하나만 걸치면 준비가 끝났다. 수영복을 입고 사는 일상은 얼마나 편했는지! 여름에는 모두 수영복을 입고 다니면 좋겠다. 오늘 무엇을 입을까 고민할 필요 없고, 세탁이 간편한 건 말할 것도 없으니 빨리 마르고, 덜 말랐어도 입은 상태에서 말리면 그만이다. 단점은 하얀 피부를 포기해야 한다는 것. 그러나 프랑스에서 '부티'라 함은 하얀 얼굴이 아니라 여름 휴가를 떠나 새까맣게 탄 피부라는 사실을 기억해두길 바란다. 까만 그대들, 당신의 얼굴에는 '부티'가 흐른다! 하얀 피부는 포기했어도 주근깨는 신경 쓰이는 법, 아무리 선크림을 덕지덕지 발라도 소용없었다. 그때 생겼던 주근깨가 지금도 얼굴에 남아 있는데, 그 깨들이 나와 함께 늙어가고 있다. 13년 전, 프랑스 남서부 지방의 태양이 남긴 얼룩이니 별 수 있겠는가. 이렇게 적고 보니 조금 놀랍다. 그렇게 오래된 얼룩이라니.

카페에 가는 길에는 이름 모를 여름꽃들이 피어 있었다. 빵 굽는 냄새가 났고, 집마다 널어놓은 빨래 위로 모래바람이 불었다. 그 길을 걸을 때마다 아홉 살의 나를 떠올렸는데, 아마도 여름 바람 때문이었을 것이다. 여름 방학이 시작된 날 아침, 하얀색 양말에 하얀 운동화를 신고 피아노 학원에 가던 길에 쓰다듬었던 바람, 아홉 살에 만졌던 보드라운 바람의 등과 꼭 닮은 바람이 불었다. 나는 손바닥을 활짝 펴고 걸었다. 여름이었고, 바다가 있었다. 여름 바다를 향한 나의 오해가 풀리는 순간이었다.

내가 즐겨 찾던 카페 이름은 '이구아나'였다. 바다가 보이는 카페가 세 개 있었는데, 그중에서 이구아나를 선택한

것은 실제로 그 동네에 도마뱀이 많았기 때문이다. 어떤
날은 몸이 길고 다리가 짧은 그 녀석들이 침대를 차지하기도
했다. 처음에는 비명을 질렀지만, 일주일 정도 지나니 귀엽게
보이기까지 했다. 원시성의 회복이랄까. 옷을 입지 않고,
도마뱀과 함께 눕고, 핸드폰이나 노트북 없이…… 어쩌면
이구아나는 원시성과 문명을 잇는 통로였을지도 모르겠다.

　　이구아나가 어떤 카페였는지, 어떻게 꾸며진 공간

이었는지 기억나지 않는다. 카페에 앉아 있던 사람들의
얼굴도, 커피를 나르던 사람도. 그곳에서 만큼은 카페를 등진
채 바다를 마주 보며 앉아 있었다. 그러니까 이구아나에서
내가 본 것은 카페가 아니라 바다였다. 그러니 내가 이야기할
수 있는 것도 카페가 아니라 바다일 것이다.
말하자면 이런 것 : 태양이 모래사장에 닿았을 때 빛의
색깔과 해변에 드문드문 앉아 있던 엄마와 아이들,
모래성에 꽂혀 있던 장난감 삽과 모래를 담는 통, 파라솔
그리고 너무 파랬던 바다.

　　대서양은 지중해보다 조금 더 진중했다. 쉽게 움직이지
않았으나 한방을 숨긴 채 꿈틀거리고 있었다. 나는 파란
바다를 보며 바다는 하얀색인 줄 알았다던 한 사람을
떠올렸다.

　　엄마는 산촌에서 자랐고 고등학교 때까지 바다를 본
적이 없었다. 엄마는 버스를 타고 논밭을 지나갈 때마다
하얀 비닐하우스의 일렁임을 보며 바다를 상상했다. 바다는
하얀색, 육지의 하얀 비닐하우스. 나는 파란 바다를 만나 하얀
바다를 그렸다. 저기 멀리 넘실거리고 있을 비닐하우스와
버스에서 앉아 하얀 바다를 향해 고개를 기울였을, 한 번도
본 적 없는 그러나 익숙한 얼굴의 여자아이를. 너무 하얘서
눈이 시린 풍경 아닌가……

이구아나의 에스프레소는 물의 양이 적고 진했다.
리스트레토*에 가까웠다. 적당히 식을 때까지 향을 즐기다가
한입에 털어 넣기 좋은 커피. 이구아나 역시 뜨거운 커피를
잠시 잊고 가만히 바다를 바라보기에 좋은 카페였다.
나는 수영복을 입고 카페에 앉아 바닷물의 온도를 눈으로
가늠했다. 파랗게 부서지면 추울 것이고, 하얗게 넘실거리면
뛰어들 만할 것이라고.

지금 내가 쓰고 있는 이 글이 카페 이야기인지, 카페를
등진 바다 이야기인지 잘 모르겠다. 어쩌면 바다를 핑계 삼은
비닐하우스 이야기일지도…… 그게 무엇이든 당신의 눈이
머무는 대로 읽어주기를.

눈앞에 일렁이는 그 색깔 그대로.

* Ristretto : 농축하다라는 뜻의 이탈리어어로, 에스프레소를 소량으로 단시간에
추출한 커피.

생마르탱, 어느 카페에서

프랑스 할머니가 크림브륄레를 드신다. 할머니가 스푼을 들고
캐러멜을 톡 깨트리자 노란 크림이 스르르르 흐른다.
할머니는 사랑스럽게 웃는다. 그러고는 다정하게 말한다.
"제일 좋아하는 음식은 크림브륄레예요. 당신은요?"
할머니 맞은편에는 빈의자가 덩그러니 놓여 있다.
"라 포브르흐(La pauvre, 불쌍한 여자)."
커피를 나르던 여자가 말했다.

바다를 등진 카페

겨울 바다와는 인연이 깊다. 겨울 바다에 갈 때마다
엄마가 울었다. 엄마는 겨울이 되면 울기 위해 바다에 갔다.
나를 데리고 간 것은 살기 위해서였을 것이다.

그 시절 바다에는 카페라고 할 만한 것은 없었고 커피와
라면, 소주와 어묵 같은 것을 파는 포장마차가 전부였다.
엄마는 바다를 보며 소주를 마셨고, 나는 커피 믹스를 마셨다.
뜨거운 김이 올라오는 종이컵에 얼굴을 가까이 가져가면
안경에 하얀 김이 서려 앞이 뿌옇게 보였다. 바다도, 하늘도,
엄마도. 안경을 벗고 눈을 비비면 엄마는 울고 있었다.
왜 우냐고 물으면 우는 게 아니라 물보라 때문이라고 했다.
얼굴에 바닷물이 묻은 것이라고. 지금 귓가에 울리는 소리는
그때 그 바다의 것이 틀림없다. 나는 소라처럼 오래전 바다
소리를 내 안에 간직하며 산다. 그러니 내게 귀를 기울이면
그 시끄러운 소리에 깜짝 놀랄 것이다.

겨울 바다를 좋아하진 않지만, 바다를 생각하면 역시
겨울에 머물러 있다. 너무 멀어서 다시 돌아갈 수 없는
계절이다.

또 다른 의미로 세상 끝에 있는 바다가 있다. 브르타뉴의
작은 항구 도시, 팽폴(Paimpol)의 망슈 해협*이다. 파리에서
프랑스 서쪽 끝에 있는 그곳까지 가려면 동이 틀 때 출발해서
해 질 녘까지 쉼 없이 달려야 한다.

나는 겨울이 되면 팽폴에서 며칠을 보내곤 했다.
그 도시에서 내가 자주 묵던 호텔은 항구에서 조금 떨어진
곳이었는데, 호텔이라기보다는 작은 저택에 가까웠다.
방이 몇 개 없고 작은 마당이 있는 곳으로, 주인 부부가
돌아가며 로비를 지켰다. 좁고 덜컹대는 계단과 장작을
태우던 벽난로는 마치 겨울의 입구 같아서 그곳을 통과해야
비로소 겨울이 시작되는 것 같았다.

방 창문을 열면 바다가 보이진 않았지만 바다가 들렸다.

방 창문을 열면 바다가 보이진 않았지만 바다가 들렸다.
나는 그곳에서 귀로 듣는 바다가 눈으로 보는 바다보다
훨씬 더 크다는 것을 알았다. 사나운 소리였다. 불을 끄고
침대에 누우면 둥둥 북소리를 내며 달려드는 바다, 그 소리가
나를 세상 끝까지 데려갔다. 나는 그 끄트머리의 바다를
아꼈다. 그러나 이번만큼은 바다 이야기가 아니다. 내가
말하고자 하는 것은 아끼는 바다를 등진 카페 이야기다.

팽폴에 있는 카페는 대부분 바다를 향하고 있었다. 어느
자리에 앉아도 바다가 보이는 카페는 한겨울에도 여름 휴양지
같은 분위기를 냈다. 일 년 내내 그곳에서 일하는 사람들은
시종일관 바다를 보고자 하는 외지인들을 이해하지 못했지만,
날씨에 맞춰 바다와 어울리는 클래식 음악이나 70년대
샹송을 틀어주는 정도의 센스는 있었다. 여행의 기분을
만끽하기에는 그런 카페들이 좋겠지만, 내가 이야기하고 싶은
카페는 그런 곳이 아니다. 바다라면 지긋지긋한 선원들의
카페, 나는 지금 바다를 등진 카페를 이야기하려 한다.
그곳이 바닷가에 있음을 상징하는 요소는 벽에 걸린
그림뿐이었다. 망슈 해협을 그린 풍경화로, 윌리엄 터너

* La Manche : 영국의 그레이트브리튼 섬과 프랑스 사이의 바다로 대서양과 북해를
잇는다. 영국해협이라고도 한다.

풍의 그림이었다. 구체적으로 계절을 나타내는 요소는 없지만, 겨울을 짐작할 수 있었던 것은 물보라 때문이었다. 물보라에는 겨울의 온도가 있다.

바다를 등진 카페에서는 아침부터 술을 팔았다. 그곳 사람들은 코냑과 크레프로 아침을 먹었다. 시큼한 포도주였다면 구역질이 났겠지만, 진한 버터 냄새와 코냑은 꽤 괜찮은 조합 같았다. 물론 맛을 보진 않았다. 아침부터 코냑을 마실만큼 망가진 상태는 아니었다.

나는 커피를 마셨다. 프랑스에서 가장 맛있는 커피로 기억한다. 바닷바람과 파도 소리에 뒤척이다 맞이한 아침 그리고 커피. 그 커피에는 해방감 같은 것이 있었다. 한 잔 마시면 '살겠다' 소리가 절로 나왔는데, 그때마다 오래전 바다 앞에서 '살겠다'라고 중얼거리던 엄마를 떠올렸다. 그때 내 귀에는 그 말이 꼭 '살고 싶다'로 들렸다.

커피의 훌륭한 풍미에 일조하는 것은 카페 전체를 뒤덮은 크레프의 진한 버터 향과 바다 냄새였다. 버터와 바다와 커피는 아주 잘 어울리는 조합이다. 게다가 브르타뉴 산 소금 버터라면 말할 것도 없다. 나는 크레프보다 바게트를 선호한다. 반을 자른 바게트와 소금 버터 그리고 커피. 바삭바삭 부서지는 맛과 혀에 짭조름하게 감기는 맛, 그리고 고소함을 사랑한다. 그런 맛에는 '사랑한다'라는 말이 아깝지 않다.

바다는 등 뒤에, 커피는 내 앞에 있다. 내가 안을 수 없는 것은 뒤에 두고 내가 잡을 수 있는 것을 앞에 두고 살면 그만이다. 나는 그곳에 앉아 돌아갈 수 없는 바다를 뒤로, 더 뒤로 보냈다. 커피를 마시며 나도 모르게 내뱉는 '살겠다'라는 말을 곱씹었다. 나는 그 말이 꼭 '살아 있다'처럼 들렸다.

바다를 등진 카페는 팽폴에 있다. 이제 더 먼 곳이
되어버렸으나, 영 돌아갈 수 없는 곳은 아니다. 다음 겨울에,
아니면 이다음 겨울에 나는 팽폴에 갈 것이다. 그곳에서
프랑스에서 제일 맛있는 커피를 마실 것이다. 그러니까
내게는 돌아갈 수 있는 기억이 하나 생긴 셈이다. 주소는
공유하지 않겠다. 그런 것은 공유할 수 없는 것이니까.

겨울 카페

파리에 살면서 겨울을 싫어하게 됐다. 정떨어지는 비
때문이다. 기분 나쁘게 내리는 비와 습기 머금은 바람,
그런 추위는 두꺼운 옷으로도 해결이 되질 않는다.
그리고 그 고약한 계절이 묻은 사람 냄새는 내 안에 남은
인간을 향한 애정의 싹을 싹둑 잘라버렸다. 담배 냄새와
덜 마른 빨래 냄새, 씻지 않은 인간의 냄새가 지하철, 버스 등
환기가 잘 안 되는 실내에서 버무려지면, 나는 맑고 차갑고
소나무 향이 나는 겨울다운 겨울을 간절히 바랐다.
겨울에는 파리를 떠나야 한다.

또 인류애의 싹을 자르는 것들도 있었다. 몸에 닿는
모든 게 축축하고 차가운 어느 날, 길을 걷다가 우연히 모르는
남자애들과 마주쳤다. 트레이닝 바지 위로 올려 신은 양말,
짝퉁 구찌 모자, 라코스테 힙색, 불어로는 하카이(Racaille),
한국어로는 '양아치'들이다. 나는 국제 양아치 스쿨이 있다고
확신하는 사람이다. 어디선가 그런 것을 가르치지 않고서야
언어가 다르고 문화가 다른데 어떻게 그토록 비슷한 말투와
자세, 눈빛을 가질 수 있단 말인가! 웃기지 않은 농담을
던지며 자기들끼리 웃는 것까지, 놀라운 일이다.

"니하오"

양아치 무리가 내게 말을 걸었다. 니하오, 곤니찌와는
그래도 귀엽다. 이유 없이 욕을 하거나 중국 창녀라 부르는

애들도 있으니까. 날씨가 좋았다면 염불하는 마음으로 모른 척 지나갔을 것이다. 그러나 찬비 내리는 겨울에는 그렇지 않다. 가방 안에 무기 하나 들어 있기를 얼마나 간절히 바랐는지. 프랑스에서 무기 소유가 합법이었다면, 겨울만큼은 총을 들고 다녔을 것이다. 인류애의 싹을 갉아먹는 해충들을 향해 빵빵!

파리에서 몇 번의 겨울을 보내면서 햇빛을 보지 못하는 게 무서운 일이라는 것을 알게 됐다. 창이 허술하고 난방이 잘 안 되는 집도 겨울에 찾아온 분노 섞인 우울증에 한몫했다. 결국, 서른 살 무렵 처음으로 우울증약을 복용하게 됐다. 약을 먹은 후로는 마음이 편안해지긴 했으나 세상과 나 사이에 투명한 막이 있어서 어떤 말도, 어떤 일도 내게 닿지 않는 느낌이었다. 그리고 또 심각한 문제 한 가지, 체중 증가라는 부작용이 있었다(모두 똑같은 부작용을 겪진 않는다). 내가 원하는 것은 근본적인 치료였고, 마음의 병이 또 다른 병으로 옮겨지는 것을 바란 것은 아니었기 때문에 결국 복용하던 약을 끊고, 스스로 극복해보자 여러 방법을 찾기 시작했다(물론 의사의 동의가 있었다. 심각한 우울증 환자라면 약을 먹는 것이 맞다). 내가 찾은 방법은 다음과 같다.

첫 번째, 방 안에서 이불을 덮고 여름 노래를 듣는다. 요라탱고, 소닉유스, 시규어 로스. 듣기만 해도 여름 냄새 가득한 그 밴드들이 한여름 해변에서 혹은 숲속에서 공연하는 영상을 찾아 명상하듯 눈을 감고 듣는다. 따뜻한 기온이 피부에 닿는 느낌과 온기가 있는 세상의 색깔을 떠올리려 노력한다. 다만 이 방법에는 치명적인 단점이 있는데, 이불 속에서 자꾸 뭘 먹으려 한다는 것이다. 우울증과 무기력증에도 식욕이 살아 있다는 사실은 놀랍다. 요시모토 바나나의 말처럼 식욕은 악령이다.

두 번째는 무조건 밖으로 나가기다. 의사가 권장한 방법이었다. 의사는 햇볕을 쬐면서 오래 걷는 것이 모든 병의 가장 좋은 치료법이라고 말했다. 나는 차양을 친 진료실에서 햇빛 한 줌 보지 못한 그의 창백한 얼굴을 보며, 그가 내린 처방의 효용성을 의심했다. 그러나 결론부터 말하자면 꽤 효과적인 방법이었다.

우르크 운하에서 시작하여 생마르탱 운하까지 걷고 또 걷는다. 칼바람이 얼굴에 달려들어 정신은 혼미하지만, 차츰 모호한 마음이 사라진다. 보이는 것에 집중하다 보면 어느 순간 보이지 않는 것을 잊게 된다. 나는 보이는 것만 보고 들리는 것만 듣는다. 어느 날은 부슬부슬 비가 왔고, 어느 날은 꽁꽁 언 센강에 누군가 벗어놓은 목도리가 있었다. 아이가 엄마를 부르는 소리를 들었고, 비둘기들이 날아가는 소리를 들었다. 눈에 보이는 대로 보고 들리는 대로 듣고, 두 다리는 걷고, 머리는 멈추고, 마음은 비우고, 계절과 날씨를 해석하지 않고. 오래 걷는 일, 그만한 치료법이 없지만, 안타깝게도 우리의 일상은 그런 시간을 쉽게 허락하진 않는다. 학교와 아르바이트를 왔다 갔다 하다 보면, 단순히 살자는 다짐은 까맣게 잊고 만다. 그러다 어느 날 휘몰아치는 싸라기눈을 매몰차게 맞으며 다시 이 낭만적인 도시의 멱살을 잡고 싶어진다.

세 번째 방법은 카페에서 핫초콜릿을 마시는 것이다. 내게는 가장 이롭고 현실적인 방법이었다. 마음이 추운 날 제일 따뜻한 스웨터를 입고, 내가 사는 곳에서 멀리 떨어진 동네의 카페를 찾아간다. 어둑한 거리를 걸으며 아늑한 불빛과 따뜻한 온기가 있는 곳을 기대한다. 가능하면 한 번도 가지 않은 카페를 찾는다. 세상에는 아직 내가 모르는 좋은 것들이 많이 남아 있다는 희망을 위해서다. 파리에 오래 살다 보면, 멀리서 불빛만 봐도 나를 위한 카페인지 아닌지를 알 수 있다. 나는 너무 환하지 않고, 입구가 크지 않은 곳을 좋아한다. 사람이든 장소든 마음을 구걸하지 않는 쪽이 좋다.

파리의 카페들이 어느 정도 커피 맛의 평준화를 이뤘다면, 핫초콜릿은 그야말로 천차만별이다. 커피는 괜찮아도 핫초콜릿에 실패하는 경우가 많다. 핫초콜릿을 시켰는데 뜨거운 우유에 인스턴트 코코아 가루를 대충 뿌려주면 나머지 음료들도 의심하게 된다. 피자집에서 피자를 직접 굽지 않고 냉동 피자를 전자레인지에 데워 주는 것과 뭐가 다른가. 애인의 할머니가 말씀하셨다. 핫초콜릿을 잘 만들 줄 아는 사람은 따뜻한 유년기를 보낸 사람이라고. 겨울 방학이 시작된 아침, 침대에서 잠옷 차림으로 만화 영화를 보며 할머니가 가져다준 핫초콜릿을 마셨던 사람. 눈싸움을 하고 돌아와 할머니가 구워준 케이크에 핫초콜릿을 마셨던 사람. 그 음료는 그런 맛을 아는 사람이 만들어야 한다.

맛있는 핫초콜릿을 찾아 여러 카페를 다녔지만 만족스러운 집은 많지 않았다. 나는 코코아 가루보다 찻잔에 초콜릿 덩어리를 넣어 뜨거운 우유를 부어주는 핫초콜릿을 좋아하는데, 이런 경우는 초콜릿에 따라 맛있는 핫초콜릿이 되거나 밍밍한 초코우유가 되기도 한다.
한마디로 에스프레소와 인스턴트커피의 차이다. 여러 종류의 핫초콜릿 메뉴가 있는 카페를 알고 있는데, 그곳은 카카오의 함유량이나 종류에 따라, 기분에 따라 핫초콜릿을 주문할 수 있다. 그런 곳에서 눈 오는 날 마시는 화이트 핫초콜릿이나 울고 싶은 날 마시는 카카오 70퍼센트 핫초콜릿은 우울증약 열 알보다 효과적이다. 흐리고 추운 날에 포근함을 주는 맛, 열불나는 속을 진하게 달래는 맛, 살면서 꼭 필요한 맛이 아니겠는가.

카페에서 파는 핫초콜릿의 또 다른 특징은 기계가 만드는 음료가 아니라는 점이다. 엄마가 타준 커피 둘, 프리마 둘, 설탕 둘과 할머니가 타준 커피 둘, 프리마 셋, 설탕 셋의 맛이 달랐던 것처럼 핫초콜릿 역시 손맛이 드러난다. 그러니 대충 만든 핫초콜릿은 만든 사람이 나를 싫어하거나, 그가 자기 일을 싫어하거나 둘 중에 하나다. 싫어하는 것은 겨울 하나로 족하니, 그런 것을 굳이 돈 주고 사 마실 이유가 뭐가 있을까. 싫어하는 것은 멀리 두고 살자. 카페는 많고 겨울은 길다.

추운 계절에는 싫어하는 이야기 말고 좋아하는 이야기를 해보자. 맛있는 핫초콜릿을 파는 카페를 알고 있다. 나는 그곳을 단번에 알아봤다. 공간의 언어는 벽지나 식탁, 인테리어 소품만이 아니다. 온기와 냄새로도 말을 한다. 한겨울 카페에 들어간 순간 달콤한 냄새가 두 팔을 벌려 나를 맞이한다면, 나는 그곳에서 겨울을 향한 미움을 녹일 준비가 돼 있다. 비 오는 날, 푹신한 의자에 앉아 카카오 70퍼센트 핫초콜릿을 마시면서 높이 뜬 태양을 상상한다. 차고 맑았던 계절을 좋아했던 순간들이 있었음을 기억해낸다. 주위를 둘러보면 몇몇 파리지앵들이 눈에 띈다. 그들도 나만큼이나 핫초콜릿 잔을 간절히, 마치 구원의 손길처럼 쥐고 있다.

모두 겨울을 나느라 애쓰는 중이다. 모두 미워하지 않기 위해 애쓰는 중이다.

몽파르나스, 어느 카페에서

몇 달 만에 마틸드를 카페에서 만났다. 오렌지색 단발머리,
붉은빛이 도는 뺨, 여전했다. 달라진 것이 하나 있다면
기저귀가 들어 있는 큰 가방을 메고 있었다는 것,
그리고 유모차와 함께였다는 것. 이제 3개월이 된 마틸드의 아기가
유모차 안에서 마틸드를 꼭 닮은 아몬드 모양의 눈으로 나를 보며
방긋 웃고 있었다.

커피를 주문하고 서로의 근황을 이야기하는데 아기가
울음을 터뜨렸다. 세상이 무너지는 듯한 울음이었다.
"달래줘야 하는 거 아니야?"
나는 태연한 표정으로 커피를 마시고 있는 마틸드에게 물었다.
마틸드는 커피잔을 들고 나를 지긋이 바라보며 말했다.
"아기가 태어나서 가장 먼저 배우는 게 뭔지 알아?"
"엄마라는 말?"
내 대답에 마틸드가 고개를 저었다.
"그럼 뭐야?"
나는 한참을 생각하다 다시 물었고, 마틸드는 아몬드 모양의 눈을
가느다랗게 뜨고 웃으며 말했다.
"혼자 울음을 그치는 법."
아, 프랑스식 육아.
나는 여태 갓난아기보다 못한 울음을 터뜨리며 산다.

가지 않은 카페

길들여지지 않을 것 같던 파리의 겨울에 길들여졌다. 이제 음울한 거리가 이 도시의 매력으로 보일 지경이다. 그러나 마침내 찾아온 햇살에 거리로 뛰쳐나온 사람들을 보면 금세 생각이 바뀐다. 파리는 빗속에서가 아니라 태양 아래에서 더 반짝인다. 나는 한 줌의 태양을 얻기 위해 꿈틀대는 사람들 속에서 햇빛을 향해 온몸을 내던진다. 얼마만의 태양인가!

겨울의 태양은 날카롭게 아름답다. 하얀 햇빛이 대리석으로 된 조각상이나 오페라 지붕에 매달린 천사들을 비추면 새삼 파리의 우아함에 놀란다. 그 광경을 보면 제아무리 미니멀리스트라고 해도 파리의 맥시멀리스트적인 취향을 존중할 수밖에 없을 것이다. 그리고 그런 날에는 확실히 클래식하고 화려한 카페가 눈에 띈다. 백 년이 넘었다거나 백 년 가까이 된 카페들은 그만한 이유가 있다. 나폴레옹이 자주 온 곳, 샤넬과 프루스트가 사랑한 곳, 모두 블로그에서 읽은 이야기다. 안타깝게도 실제로 가보진 못했다.

가지 않은 카페에 대해서는 쓸 수 없지만, 가지 않은 마음에 대해서는 쓸 수 있다. 카페, 안젤리나의 문 너머에는 가브리엘 샤넬의 이야기가 있지만, 그 문밖에는 나의 이야기가 있다. 샤넬의 명성은 알지만, 샤넬이라는 이름이 주는 떨림을 모르는 삶을 산 사람 말이다. 르 프로코프에는 랭보와 쇼팽과 조르주 상드의 흔적이 있지만, 나폴레옹의 흔적도 있다.

외상값 대신 모자를 맡겼다는 나폴레옹의 이야기를 들으며
식사 한 끼에 일주일 치 생활비를 다 쓸 만큼 그곳은 내게
매력적이지 않다. 내게 정복자는 영웅이 아니다. 어린이들을
앉혀 놓고 '내게 불가능이란 없다'라는 나폴레옹의 말을
명언이랍시고 가르치는 교육에는 할 말이 많지만, 내가 나를
가르치는 일도 어려우니 카페 이야기나 하자.

가지 않은 카페라고 그곳에 가봤던 사람들의 이야기가
궁금하지 않은 것은 아니다. 무언가에 호기심을 갖고, 그것을

경험하기 위해 혹은 갖기 위해 노력하는 사람들이 항상 부럽다.

나의 오랜 콤플렉스 중 하나는 특별히 좋아하는 게
없다는 것이다. 수집하는 것도 없고, 고집하는 것도 없다.
어딘가를 열성적으로 찾아다니는 일도 없고, 먹고 싶은 것도
가고 싶은 곳도 별로 없다. 내겐 없는 것 천지고, 그렇게 없는
것들을 조합해보면 한마디로 취향 없는 사람이 되고 만다.

불어로는 '상 구'(Sans goût, '맛없는' '밍밍한'). 아무래도
나는 '맛없는' 사람이 맞는 듯하다. 이렇게 맛없는 사람도
자신의 입맛에 맞지 않은 것이 무엇인지는 알고 있다.
일단 나는 맥시멀리스트는 아니다. 파리의 화려한 건물과
장식들을 보며 우아하다고 느끼긴 하지만, 우아한 것이
반드시 아름답지는 않다. 나는 때때로 우아함을 불편함으로
받아들인다. 우아한 레이스와 리본이 달린 옷을 입지 않는
것, 우아하고 화려한 장식이 많은 공간을 찾지 않는 것, 모두
불편해서다. 그것은 문학에 있어도 마찬가지인 듯하다.
프루스트보다 아니 에르노를 좋아한다. 프루스트의 문장이
우아하나(물론 아름답기도 하다) 그 우아한 기억이 나와 너무
먼 나라의 이야기처럼 느껴진다면, 아니 에르노의 적나라한
문장은 내 이야기와 맞닿아 있다. 내가 책에서 간절히 찾길
원하는 것은 나를 아름답게 만들어줄 장식이 아닌, 나를 비출,

아주 적나라하게 비출 거울인지도 모르겠다. 공간도
마찬가지일까? 나도 모르게 나를 비출, 나와 닮은 구석을
찾고 있는 것일까?

금장식이 반짝이는 카페 앞에 서면 나를 닮은 구석이
어디에도 없음을 직감한다. 천장 위에 달린 샹들리에는
무거워 보인다. 100년이 넘었을 텐데, 저 무거운 것이
누군가의 머리 위로 떨어지기라도 한다면. 게다가 그런
카페들은 대체로 벽에 커다란 그림이 걸려 있지 않은가!
커다란 그림은 무섭다. 어릴 적 엄마는 그림을 그렸고,
우리 집 벽이란 벽은 모두 사람의 얼굴로 뒤덮여 있었다
(그때 엄마가 초상화에 꽂혔던 듯하다). 무언가 골똘히
바라보는 여자, 혹은 이상한 포즈를 취하고 있는 남자,
가슴을 내놓은 여자. 우아한 선과 색을 가진 얼굴들이 밤이
되면 엄마의 고독의 몸부림으로 변해 내 꿈에 나타났다.
나는 성인이 된 후로 그림은 화집이나 갤러리에서만 즐긴다.
내 집의 벽에는 가능한 한 아무것도 걸지 않는다(같이 사는
남자의 취향을 존중하여 그의 방에 작은 크로키 몇 점만 걸었다).
그러니 내게 카페에 걸린 커다란 그림은 휴식을 방해하는
존재이지 아름다움을 느끼는 요소는 아닌 듯하다.
음악이 너무 시끄러운 카페만큼이나 커다란 그림이 걸린
카페는 내게 어울리지 않는다.

물론 나 역시 좋아하는 문학인의 발자취를 따라 오래된
카페를 찾는 설렘을 느낀 적이 있지만, 파리에서는 아니다.
사르트르와 시몬 드 보부아르가 자주 다녔다는 유명한
카페에 두어 번 간 이후로 다시 찾지 않는다. 단체 관광객에
치여 커피를 서둘러 마시고 나온 기억 때문만은 아니다.
내게 그곳은 밀랍 인형이 전시된 그레뱅 박물관처럼 느껴진다.
죽지도 않고, 살아 있지도 않은 사르트르와 시몬 드 보부아르의

밀랍 인형이 커피값과 밥값을 열심히 올려주고 있다.
고백하자면, 커다란 그림만큼이나 인형이 무섭다.
나는 귀신의 집보다 인형의 집을 더 무서워하는 사람이다.
게다가 살아 있던 사람을 인형으로 만든다면.

　　딱 한 번, 좋아하는 누군가의 흔적을 좇으며 충만한
기쁨을 느꼈던 적이 있다. 뮌헨에 갔었을 때의 일이다.
뮌헨에 간 것은 오직 전혜린 때문이었는데, 그곳에서 그녀의
글 속에 등장하던 가스등이나 오래된 술집은 찾아볼 수
없었으나, 슈바빙 거리에서 영국 정원으로 걷는 내내 전혜린을
마주한 듯한 행복을 느꼈다. 전혜린이 걸었던 공원이 오늘
내가 걷는 이 공원은 아닐지라도, 그날 몇십 년 전 그녀의
'존재에 앓음'*을 기억하고 있던 바람이 내게 그 '앓음'을
옮기는 것만 같았다. 가지 않은 카페를 생각하며 가본 길을
적는 일은 어쩌면 내게도 '맛'이라는 게 있는 것이 아닐까 하는
희망을 품게 한다. 천장에 샹들리에가 없고 금장식이 없고
큰 그림이 걸려 있지 않으며, 터무니없이 비싸지 않고,
좋아할 이유가 딱히 없으나 그냥 좋은 그런 카페를 좋아한다.
긴 겨울 햇빛이 찬란한 날, 소박한 카페 구석에 앉아
프루스트의 문장에 잠시 감탄하고, 아니 에르노와 전혜린의
문장을 따라서 오래 걷고 싶다. 그렇게 머물다 반듯한 테이블
위로 빛의 그림자놀이가 시작되면, 가장 연약한 음영을
발견하고 기뻐하고 싶다. 내가 좋아하는 어떤 '맛'이
빛이 아니라 빛의 자국임을, 얼룩임을 기록해두고 싶다.

---

* 전혜린은 가을이 되면 몇 주씩이나 학교를 가지 못할 정도로 앓았다고 한다.
『그리고 아무 말도 하지 않았다』에서 그녀는 자신이 앓던 병을 "존재에 앓고 있다"
라고 표현했다. 삶과 죽음만을 집요하게 생각하고, 특히 죽음에 대한 생각에
사로잡히는 병이다.

날씨를 물어요

조용히 다니던 카페에서 사람들이 말을 걸기 시작했다. 이제
그곳을 떠날 때가 온 것이다. 호기심 넘치는 프랑스인들의
'무엇이든 물어보세요' 시간. 한국의 인구, 주식(主食), 지형을
묻는다. 또 어떤 이들은 청문회에 나올 법한 질문들, 정치적
성향, 남북한의 관계, 한미 관계를 묻기도 한다. 질문에는
성실히 대답하는 편이다. 가끔 대답을 못하면 얼굴이
빨개진다. 대충 얼버무린 날에는 집에 돌아와 자책한다.
소심한데, 소심함을 들키고 싶지 않은 사람의 애씀이다.
애씀이 지속될수록 긴장과 스트레스가 쌓여 피로가 된다.
사람을 마주하는 일에 지치고, 그런 상태가 길어지면 내 안의
호박 마차가 드디어 입을 연다.

한낮의 신데렐라여, 이제 다시 방구석으로 돌아갈
시간이다.

그들의 말은 대체로 '호의'에서 시작된다. 언젠가
어떤 남자가 내게 K-POP에 대해 물었다. 아는 것이 없어
'잘 모르겠다'라고 대답했더니 불쑥 그가 물었다.
"말할 사람 필요하지 않아요?"
'네가 외로워 보여서 그래'라고 말하는 그의 눈빛이
수작인지 동정인지 알 수 없지만, 너무 쉽게 말을 걸 수 있는

상대로 보였다는 사실이 기분 나쁘다. 무엇보다, 다른 사람도 아닌 '네'가 말을 걸 수 있는 상대처럼 보였다는 것이 매우 불쾌하다고 말하고 싶었지만 꾹 참고, "아니요"라고 대답했다.

남자는 '나의 호의를 거절하다니' 하는 표정으로 떠났다. 한마디로 자존심을 구긴 얼굴이었다. 내 입장을 이야기하자면 시간이 다쳤다. 누군가 내 시간을 훼손하고 가버렸다.

말이 하고 싶은 날, 내 안에 말이 고여 썩을 것 같은 날에도 내가 주고받고 싶은 말은 그런 말이 아니다. 그러니까 내가 하고 싶은 말은, 듣고 싶은 말은 날씨 이야기, 딱 그 정도가 좋겠다.

"오늘 날씨가 기막히게 좋네요."

"또 비가 와요."

우리가 공평하게 나눠 가진 대기의 온도와 습도에 대하여 짧은 인사를 건넨다. 무게와 질척임은 없지만 가벼운 호의는 있다. 어제 날씨는 의미 없고, 내일 날씨를 알 수 없으니 더는 대화를 이어가지 않아도 좋다. 그러나 갑자기 비가 쏟아질 때, 창을 향해 고개를 돌렸는데 함박눈이 올 때, 우중충하던 거리가 순식간에 환해질 때, 우리는 눈동자로 서로를 찾아 '거봐!'라는 눈인사를 건넨다. 그리고 다시 타인은 타인의 시간으로, 나는 나의 시간으로. 한 공간에서 각기 다른 테이블에 앉아 있는 사람들끼리 한눈에 반하지 않고서야 서로에 대해 뭘 얼마나 더 알고 싶을까. 우리에게 필요한 것은 그저 인사다. 존재의 안녕과 각자의 시간을 향한 안부 같은 것. 그래도 '안녕'은 어쩐지 다음 말을 기대하게 만드니 날씨를 말하면 어떨까?

"오늘 날씨가 좋아요!"

그런 말을 들으면 고개를 들어 바람을 느끼거나 소매를 걷어 햇살을 느껴보게 된다. 무엇보다 재미있는 것은 날씨 이야기를 하는 사람은 날씨를 닮은 표정으로 말한다는 것. 햇빛 찬란한 날은 환한 웃음으로, 비가 오는 날은 조금 서운한 얼굴로, 눈이 내리는 날은 아이 같은 표정으로 날씨를 말하고 날씨를 건넨다. 그런 호의라면 얼마든지 좋다.

날씨 이야기만 건네는 카페 주인을 알고 있다. 어느 햇살 좋은 날 그가 이렇게 말했다.

"이 햇빛을 즐겨요."

자신에게 하는 말인지, 내게 건넨 말인지, 태양을 향해 던진 말인지 모르겠지만, 그의 인사에 내 안에 고였던 말들이 조용히 물결쳤다. 그러나 나는 넘실거리는 말들을 그에게 흘려보내지 않았다. 그저 노트에만 담았을 뿐이다. 애초에 타인을 향한 말이 아닌 내게 하는 말이니 굳이 건넬 이유가 없었다.

날씨가 좋다. 햇빛을 즐긴다. 함부로 외롭지 않겠다.

오래전 노트에 적었던 말이다. 펼치는 순간, 그 시절의 날씨와 햇빛과 호의가 함께 건너온다. 그러고 보니 오늘은 정말 날씨가 좋다. 더는 함부로 외롭지 않겠다.

우리를 아는 사람도 없고, 우리가 아는 사람도 없는

애인과의 기념일에는 낯선 동네의 카페에 간다. 오늘의 목표는
지하철을 타고 갈 수 있는 한 가장 먼 곳에 있는 카페에 가는
것이다. 파리 근교의 주택가가 좋겠다. 쇼핑몰 센터와 ZARA와
H&M이 없는, 빵집과 유치원과 교회와 공원이 있고, 스웨터를
걸친 할머니가 있고, 팬티가 보이도록 바지를 내려 입은
청소년들은 없는 동네, 그런 곳에 있는 카페.

지하철을 한 시간 넘게 탔을까, 파리 근교의 한적한
동네에 도착했다. 먼저 빵집부터 찾는다. 편안한 복장의
사람들이 줄을 선 곳이어야 한다. 동네 사람들이 인정하는
곳이 진짜다. 매일 맛없는 빵을 먹고 살 수는 없을 테니까.
크루아상과 바게트를 산다. 갓 구운 빵은 우연한 곳에서
우연히 만나야 가장 맛있다. 빵집 문을 열었는데 마침
바게트와 크루아상이 나오는 시간이라면, 그 행복한 냄새는
미슐랭 코스 요리와도 바꿀 수 없다. 빵 냄새는 언제나
그 맛을 이긴다.

따뜻한 빵을 소중히 안고 카페를 찾는다. 여기서부터는
조금 까다롭다. 잘 모르는 카페는 실패할 가능성이 크다.
커피 맛은 그렇다 치고 어쩐지 썰렁한 공기, CHERI FM
(대중가요가 나오는 라디오 채널)을 틀어놓고, 걸레인지
행주인지 모를 천 조각을 들고 왔다 갔다 하는 주인이 있다면
완벽한 실패다. 그렇게 되면 고급 레스토랑에 가지 못하고,

겨우 커피 한 잔으로 서로의 특별한 날을 기념해야 하는
주머니 사정이 서러워질 것이다. 그러니 소중한 날에는 조금
더 신중할 수밖에.

괜찮은 카페를 알아보는 우리만의 방법이 있다.
먼저 지하철역에서 너무 가까운 카페는 가지 않는다. 역에서
가까운 카페에 오는 손님 중 반은 지금 커피를 마시지 않으면
죽을 것 같은 사람들, 나머지 반의 반은 어디에서 만나도
상관없으나 찾기 쉬운 곳을 약속 장소로 정한 사람들,
그 반의 반은 그냥 화장실이 급한 사람들이다.
그런 카페를 가기 위해 한 시간 넘게 지하철을 탄 것이
아니니 조금 더 걷기로 하자. 파리 근교에는 작든 크든 교회와
공원이 있고, 그런 곳은 늘 산책하기 좋을 만큼 아름답다.
한가로운 아침, 우리는 차가운 공기와 빵의 온기를 느끼며
낯선 동네를 걷는다. 교회 종소리가 울리고 멀리 아이들이
노는 소리가 들려온다. 자지러지는 웃음소리, 이유 없는 비명,
작은 악단의 유쾌한 연주는 우리가 걷고 있는 이 풍경에
가장 잘 어울리는 BGM이다.
작은 집들이 옹기종기 모인 곳으로, 길이 좁아지는 곳으로
향한다. 이런 곳에 카페가 있을까 싶어 주위를 둘러보면
언제나 작은 카페 하나쯤 우리를 기다리고 있다. 사람이 가진
환한 인상처럼 온기가 있는 공간. 작은 장식품들 위로 시커먼
먼지가 쌓여 있지 않고, 창이 크지 않지만 계절이 변하는
모습을 너끈히 담아내는 곳. 수줍은 미소로 맞이하는 주인이
있다면 좋겠지만, 하루에 수많은 사람을 상대하며 닳아진
미소라면 차라리 무표정한 얼굴이 좋다. 커피 한 잔 마시면서
미소까지 바라는 것은 너무 염치없는 일이 아닌가.
투박한 말투와 표정이어도, 나를 좋아해주지 않아도

자신의 공간을 좋아하는 사람이라면, 나는 매일 그가 매만지는 카페에 갈 수 있다.

온기가 있는 카페의 가장자리에 앉는다. 작고 깨끗한 카페다. 우리는 어젯밤에 본 영화 이야기나 서로 잘 알고 있는 친구의 연애사에 관해 이야기한다. 심각하거나 어려운 주제는 오늘의 우리와 어울리지 않는다. 내일 일이라면 주말에 요리할 라타투이 정도가 적당하겠다. 말하자면 라타투이에 주키니 호박을 넣을 때 껍질을 벗겨야 하는지 아닌지, 그런 정도의 논쟁. 분명하고 확실한 미래가 거기, 라타투이에 있다. 그 이상은 알 수도 없으며 생각할 이유도 없다. 너무 먼 사랑의 일은 사랑이 아닌 환상이다. 사랑과 환상을 헷갈려서는 안 된다.

따뜻한 빵을 커피와 함께 먹으면 몰디브도 미슐랭도 부럽지 않다. 애인의 입가에 잔뜩 묻은 빵가루가 더럽지 않은 것은 환상일까, 사랑일까? 그 점은 헷갈리지 않을 자신이 없다.

카페 주인은 오전 내내 커피 한 잔을 시켜놓고, 종알종알 떠드는 손님 둘을 얄밉게 바라보지 않는다. 그의 시선은 창밖 풍경에 머물러있다. 봄이 오면 더 아름다울 것들을 가늠하고 있다. 애인이 묻는다. "다음 번에는 어디로 갈까?"

나의 대답은, '우리를 아는 사람도 없고 우리가 아는 사람도 없는 카페'다. 세상에서 가장 로맨틱한 카페는 그런 곳이 아닐까.

파시, 어느 카페에서

부슬부슬 비가 내리기 시작했다. 나는 카페 창문 너머로
S가 길을 건너는 모습을 지켜보고 있었다.
S는 서두르지 않았다. 우산도 없으면서, 약속 시각을 10분이나 어긴 주제에……
카페 문을 열고 들어온 S가 젖은 외투를 털며 활짝 웃었다.
나는 생쥐처럼 젖은 그의 곱슬머리를 가리키며 물었다.
"도대체 왜 파리지앵들은 우산을 잘 안 들고 다니는 거야?"
S는 커피를 주문하며 말했다.
"카페가 있으니까."
우산 없는 사람들이 하나둘 카페를 향해 모여들고 있었다.

헤어지는 사람들

어느 겨울, 북역의 카페에서 헤어지는 연인을 봤다. 그들의
대화를 일부러 엿들으려 했던 것은 아니었으나 테이블 간격이
너무 좁아서.

남자가 화를 냈다. 남자의 맞은편에 앉아 있던 남자도
화를 냈다. 둘 중의 하나는 바람을 피운 게 분명하다.
도빌행 기차가 곧 출발한다는 방송이 나왔다. 화를 내던
남자가 일어서자 맞은편에 앉아 있던 남자가 욕을 했다.
제법 큰 소리였는데 사람들은 무관심했다. 자리에서 일어난
남자는 도빌행 기차가 기다리는 플랫폼을 향해 갔다.
뒤도 돌아보지 않았다. 남겨진 남자는 손바닥으로 얼굴을
몇 차례 문지르고 자리를 떴다.

나는 그들과 눈이 마주칠까 봐 고개를 숙이고 커피를
마셨다. 기다리는 사람은 아직 오지 않았고, 인터넷 기가를
모두 사용한 탓에 핸드폰을 쓸 수도 없었다. 나는 그 무료한
시간을 달래기 위해 손가락에 물을 묻혀 그림을 그렸다.
물방울로 그릴 수 있는 그림은 동그라미나 오래전에 가까웠던
사람의 이름이 전부였는데, 금세 형태가 무너져 지워지는
동그라미와 어떤 이름은 조금 슬펐다.

겨울이 끝날 무렵, 북역의 카페에서 헤어지는 연인을
봤다. 멀리 떨어져 앉아 있었지만, 테이블 간격이 너무 좁아서.

다 알아듣진 못했지만, 상황을 짐작할 수는 있었다.

　　남자 옆에 커다란 가방이 놓여 있는 것을 보니 기차를 타고 떠나는 쪽은 남자인 듯했다. 두 사람은 조곤조곤 대화를 나눴고, 남자의 한숨 끝에 여자가 울어버렸다. 여자가 울자 남자가 따라 울었다. 사람들은 무관심했다.

　　나는 그들과 눈이 마주칠까 봐 고개를 돌려 떠나는 도빌행 기차와 손을 흔드는 사람들을 바라봤다. 손가락에 물을 묻혀 테이블 위에 동그라미를 그리거나 어떤 이름을 쓰기에는 너무 추운 날이었다. 겨울은 시작할 무렵보다 끝날 무렵이 더 고약했다. 여전히 차가운 날씨에 나는 조금 화가 났다.

　　북역에서 헤어지는 사람들을 두 번이나 봤다. 헤어지는 사람들은 화를 내거나 슬퍼하거나 둘 중 하나였다. 어느 책에서 읽었는데, 인간은 화를 내는 사람과 슬퍼하는 사람, 두 분류로 나뉜다고 한다. 중요한 것은 화를 내는 사람은 화를 내는 사람을, 슬퍼하는 사람은 슬퍼하는 사람을 만나서는 안 된다고.

　　나는 어느 쪽의 인간일까? 궁금하나 묻지 못하겠다. 어느 쪽의 인간이어도 화가 나거나 슬플 것 같다.

파리에 처음 왔던 날

파리에 처음 왔던 날, 다락방에 짐을 풀고 제일 먼저 찾아간 곳은 카페였다. 여름이었고 거리에서 복숭아 냄새가 났으며, 성당에서 종소리가 들렸다.

카페 창문 너머로 작은 공원과 나무와 벤치가 보였고, 그곳에서는 아이와 어른과 강아지들이 여름을 즐기고 있었다. 나는 처음 본 파리의 여름 풍경을 오래 바라봤다. 나뭇잎과 빛의 색깔, 사람들의 머리카락, 표정, 옷차림, 오래된 건물의 얼룩, 길에 깔린 포석의 모양까지. 그리고 아무도 듣지 못하게 조용히 외쳤다. 아, 파리다!

내 앞에는 카페오레와 크루아상이 있었다. 무엇을 시켜야 할지 몰라서 옆 테이블에 앉은 사람과 똑같은 것을 주문했다. 크루아상을 한입 베어 물었을 때는 내가 지금까지 먹었던 크루아상이 모두 거짓이라는 사실에 조금 분했다. 버터 냄새가 입술과 손에 오래 남았다. 그곳에서 한참을 머물렀다. 제법 선선한 바람이 불었다. 햇빛만 피하면 견딜 만한 더위였다. 그런 여름은 처음이었다. 언젠가 파리를 떠나게 되면, 그 풍경이 가장 오래 남으리라 생각했다.

파리에 사는 동안 나는 늘 떠날 준비를 했다. 방 한쪽에는 풀지 않은 이민 가방이 그대로 있었고, 그 안에는 당장 필요한 것을 제외하고 내일 돌아가야 한다면 꼭 가져가야 할 것들이 들어 있었다. 매일 잠들기 전, 돌아가는 날을 상상했다.

마치 어린아이가 어른이 된 모습을 그리는 것처럼 언젠가 올 마지막에 나는 어떤 모습을 하고 있을지, 그런 것이 궁금했다. 삶이 미래에 있었던 날들이었다.

파리를 떠나던 날, 나는 처음 왔던 날처럼 카페에 갔다. 12월의 이른 아침이었다. 카페에 가는 길에 빵집에 들렀다. 동네에 있는 빵집 중에서 조금 멀지만 가장 맛있는 집이었다. 그곳에서 크루아상을 샀다. 이제 한동안 맛보지 못하리라 생각하니 파리의 어느 명소보다 크루아상이 제일 아쉬웠다.

카페에 앉았다. 가장자리에서 아침 커피를 마시며 신문을 읽는 사람들의 뒷모습을 봤다. 나는 신문 대신 그들을 읽었다. 곧 출근할 사람, 아침이지만 여유 있어 보이는 사람, 아주 오래전에 내가 그랬듯 메뉴판을 바라보며 한참 망설이는 사람.

"실부플레(S'il vous plaît)"

커피를 시켰다. 아침부터 걸음걸이가 활기찬, 나이 지긋한 할아버지가 커피를 날랐다. 그가 나를 발견하기까지 시간이 조금 걸렸으나 나는 조금도 조급하지 않았다. 저녁 비행기니까 내게는 한나절의 시간이 남아 있었다. 조금 더 머물러도 좋았다. 에스프레소 한 잔을 마시는 시간은 언제나 너무 짧다.

돌아오는 일에 대해 생각했다. 지금은 겨울이니 내년 겨울 즈음, 혹은 여름 즈음이 될까? 이제 파리는 내게 떠나는 곳이 아닌 돌아오는 곳이 되었음을 실감했다. 나는 그제야 비로소 파리를 가진 듯했다. 내가 그 도시를 가졌다는 사실을 깨달았다.

만약 당신에게 충분한 행운이 따라 주어서 젊은 시절 한때를 파리에서 보낼 수 있다면, 파리는 마치 '움직이는 축제'처럼 남은 일생에 당신이 어딜 가든 늘 당신 곁에 머물 겁니다. 바로 내게 그랬던 것처럼.

헤밍웨이의 말이다. 나는 젊은 시절을 파리에서 보냈고, 내가 파리의 카페에 앉아서 봤던 모든 풍경은 이제 '움직이는 축제'가 되어 내 안에 남았다.

파리의 카페를 담은 글을 쓰며, 그 풍경들을 기록하는 일의 의미에 대해 오래 생각했다. 내가 쓴 글 속에 행위라고 할 만한 것은 '봤다'와 '마셨다' '먹었다' '생각했다'가 전부인데, 그런 단순한 글이 어떤 의미가 될 수 있을까?

그런데 얼마 전, 호숫가에서(나는 지금 호숫가에 살고 있다) 새를 관찰하는 사람을 만나 그 두려운 질문에 대한 답을 찾았다. 새를 관찰하고, 새를 그리고, 새를 기록하는 일을 하는 사람이었다. 나는 그에게 조심스레 용도를 물었다. 어떤 기관의 연구 자료로 쓴다거나 관찰 일기 같은 블로그를 운영한다거나 책을 준비 중이라는 답변을 기대했던 것 같다. 그는 내 질문에 그저 배시시 웃으며 특별한 용도는 없다고 했다. 새를 기록하는 것 같지만, 사실은 자신의 시선을 기록하는 것이라고. "나는 그냥 새를 보는 사람입니다"라고 했던 그의 말이 내 안에 무엇인가를 흔들었다.

새를 보는 사람의 말을 빌리자면, 나는 그저 파리에서 커피를 마신 사람이다. 그러니까 이 글은 파리에서 커피를 마신 사람이 본 풍경의 기록이다. 그 기록에는 어제 그리고 오늘의 나의 시선이 담겨 있다. 내가 새를 보는 사람을 통해 볼 수 없었던 무언가를 보게 된 것처럼, 내가 파리의 카페에서 봤던 것들을 누군가와 나눌 수 있다면, 그럴 수만 있다면, 나를 드러낸 이 긴 글들이 조금은 덜 부끄러울 것 같다.

132 산책을 즐기던 동네에 프랜차이즈 카페와 음식점이 생기기
시작했다. 절대 변하지 않을 것 같은 파리도 느리게 그러나
분명히 달라지고 있다.

프랜차이즈 카페의 포문을 연 것은 스타벅스다. 오페라에
첫 번째 매장을 열자마자 사람들이 줄을 서기 시작하더니
어느 순간 도시의 요지를 모두 차지해 버렸다. 내가 아는
프랑스인들은 하나같이 프랑스에서 그런 카페가 절대 잘될 리
없다고 말했지만, 그들의 예상은 보기 좋게 빗나갔다.

스타벅스의 성공은 내게도 조금 의외였다. 자본의 힘을
잘 아는 사람들은 의외라는 말을 비웃겠지만, 커피 앞에서
줄을 서는 파리지앵들도, 커다란 테이블도, 특징 없는 재즈
음악도 여전히 낯설다. 무엇보다 스타벅스 직원들의 지나치게
친절한 인사는, 여전히 몸 둘 바를 모르겠다. 그러나 확실히
그곳의 음악과 테이블, 의자는 책을 읽고, 문서 작업을 하기에
파리의 어떤 다른 카페보다 더 쾌적한 환경을 제공하는 것이
사실이다. 무엇보다 무더운 날 뜨거운 에스프레소가 아닌
섬머 스페셜 메뉴를 만났을 때 그 청량함이란!

한동안 나는 기쁜 마음으로 파리의 스타벅스에 갔다.
가방에는 늘 노트북이 들어 있었다. 특별히 할 일이 있는
것도 아니었는데, 그리고 그 소중한 노트북을 화장실까지
꼭 끌어안고 갔다. 누가 훔쳐 갈까 봐.

언젠가 애인을 데리고 스타벅스에 간 적이 있다.
그때까지 단 한 번도 프랜차이즈 카페를 경험해본 적 없었던
그 프랑스 촌놈은 일단 주문대 앞에서 당황하기 시작했다.
그날 스타벅스 직원과 애인의 대화는 다음과 같았다.

"이름이 뭐죠?"

"네?"

"이름을 말씀해주세요."

"왜죠?"

"컵에 손님의 이름을 쓰거든요. 커피가 나오면 이름을
불러드릴게요."

"컵에요?"

"네."

"물에 지워지는 매직으로요?"

"네? 아, 일회용 컵이에요. 걱정하지 마세요."

애인이 얼굴을 찡그렸다. 그리고 내게 조용히 속삭였다.

"그러니까 대형 자판기네."

어쨌든 우리는 아메리카노를 주문하고 빈자리를 찾아
한참을 돌다가, 가방부터 던지는 스킬을 발휘하여 카페
한복판에 있는 테이블에 겨우 앉을 수 있었다. 외국인들
그리고 이 새로운 커피 문화에 이미 익숙해진 프랑스인들이
노트북을 뚫어지게 쳐다보며 뭔가를 하고 있었고, 자리를
찾지 못한 사람들이 쟁반을 들고 우리 주위를 맴돌았다.
카페를 한참 둘러보던 애인이 살짝 비꼬는 말투로 말했다.

"네 취향이 도서관인 줄은 몰랐어."

연극배우인 그의 우렁찬 목소리가 옆자리에 앉은 남자의
문서 작업을 방해하고 있었다. 나는 그에게 조용히 하라는
신호를 보냈지만, 그는 의자와 의자 사이가 너무 멀다는
핑계를 댔다.

"이거 봐, 팔이 안 닿잖아. 이렇게 멀리 있는데 어떻게
소곤소곤 말해!"

아, 그의 손이 내 몸에 닿지 않는다. 파리의 카페에서
이토록 멀리 떨어져 앉을 수 있다니.

바리스타가 그의 이름을 불렀다. 그는 커다란 일회용
컵에 넘실대는 커피를 보고 조금 놀란 표정을 지으며
내게 물었다.

"혹시 이거 커피 맛 차를 주문한 거야?"

그는 커피가 아닌 '당나귀 오줌(물을 너무 많이 넣어 맛이
싱거워진 커피를 가리키는 말)'을 마시는 중이라며 투덜거렸고,
이해할 수 없다는 듯 고개를 저었다.

"장담하는데, 이런 카페는 프랑스에서 절대 살아남지
못해!"

그에게 카페란 의자와 의자 사이, 테이블과 테이블
사이가 가까워 사람이 있음을 느낄 수 있는 곳이며, 가게
주인의 취향이 반영된 커피잔이 있어야 하고, 주문하기
전까지 테이블에 앉아 여유로운 기다림을 거쳐야 하며,
상대의 이름을 물었으면 자신의 이름을 밝혀 '대화'라는 것을
할 수 있는 그런 곳이었을 것이다.

프랑스인들이 원하든 원치 않든 파리는 조금씩 변하고
있다. 오래전 맥도널드가 프랑스에 처음 들어왔을 때
프랑스인들의 반대가 극심했다지만, 지금 프랑스는 유럽에서
맥도널드 판매율이 가장 높은 나라 중 하나다. 그러고
보면 자본의 예상은 늘 적중했고 실패가 없었으며, 덕분에
작은 가게들이 옹기종기 모여 있던 거리에 커다란 카페와
패스트푸드점, 대형 상점들이 늘어나기 시작했다. 어두운
것들이 점점 사라지고 있다. 그토록 밝고 환한 불빛이 넘치는
파리의 거리라니, 그토록 새것의 냄새가 나는 파리라니.

파리의 늙은 얼굴에 보톡스 주사 자국이 늘어나고 있다. 언젠가 애인과 나는 커다란 테이블이 있는 카페에 앉아 사라지는 것들을 적어 봤다. '이 자리에 뭐가 있었지?'라는 질문으로 시작된 놀이였는데, 적다 보니 벌써 가물가물해진 것도 있었다.

아랍 가게, 중국 식당, 빈티지 숍, 할머니가 운영하던 카페, 늙은 주정뱅이들이 모여 앉아 있던 바. 그러니까 파리의 반점이나 주름이라 할 수 있는 것들. 사라지는 것은 역시 그런 것이다.

파리의 주름과 함께 젊은 우리들 역시 사라졌다. 우리가 알던 파리는 이제 우리의 주름 속에만 남아 있다.

장 조레스 거리의 어느 카페에서

커피를 마시다가 옆집 유대인 할머니를 만났다.
할머니는 빨간 스포츠카를 잠시 세우고 내게 손을 흔들었다.
뚜껑이 없는 BMW였다.
그날 저녁, 할머니를 엘리베이터 앞에서 다시 만났다.
"빨간 BMW가 아주 멋지던 걸요?"
"응. 새로 뽑았어."
"잘 어울리세요."
"커피 마시러 와. 네스프레소도 샀어."
"우와 벌써 크리스마스인가요?"
"아직은 아니지, 이제 그 차에 조지만 태우면 돼."
"누구요?"
"조지 클루니."
"조지 클루니요?"
"그래. What else?"
할머니가 물었다.
그러게, 조지 클루니를 태운 BMW라는데, What else?

조금 웃기고, 조금 슬픈

아빠와 함께 카페에 갔다. 8월 말이지만 덥지 않았다.
6월부터 무더위가 찾아왔었는데, 8월 말 즈음이 되니 여름은
온데간데없었다. 아빠는 한국과 프랑스의 온도 차를 신기하게
여겼다. 프랑스에 온 지 10년 만에 아빠가 왔다. 다음 날은
내 결혼식이었다.

카페에서 아빠는 불어로 적힌 메뉴판을 받아들고
안절부절못했다. 종업원이 그에게 영어 메뉴판이 필요하냐고
물었고, 나는 그를 대신해 농(Non, 아니요)이라고 대답했다.
나는 메뉴판보다 먼저 그의 당황하는 모습을 읽었다.
프랑스어를 읽을 줄 몰라서가 아니라 무엇을 마셔야 할 줄
몰라서였을 것이다. 그는 자신이 잘 모르는 것을
부끄러워했다. 아니다, 화를 냈다. 모르는 것을 인정하는
일은 그에게 어려운 일이다.

아빠는 옆 테이블을 힐끗 보다가 커피를 왜 저렇게 작은
잔에 주느냐고 물었다. 아메리카노를 찾다가 한국에서 먹던
그 아메리카노가 없다는 것을 수상하게 여겼다. 아마도 내가
메뉴판을 제대로 읽지 못하는 것이 아닐까 의심한 듯했다
(그가 TV에서 봤던 수많은 날라리 유학생들처럼). 아빠에게
아메리카노는 미국 것이고, 미국 것은 곧 외국 것이고, 고로
미국 것은 프랑스 것이니, 프랑스에 아메리카노가 없다는 것은
있을 수 없는 일이었다. 논쟁은 하지 않았다.

그에게 무언가를 설명하는 것은 번역 원고 10장을 작업하는 것보다 더 피곤한 일이다.

우리는 아빠가 사는 동네에도 있고, 프랑스에도 있는 맥주를 시켰다. 그는 금세 한 잔을 비웠지만, 한국에서처럼 '한 잔 더'를 외치진 않았다. 그곳에 있던 누구도 자신 앞에 놓인 잔을 성급하게 비우지 않는다는 사실을 알아차린 듯했다. 사람들은 선선한 8월의 날씨를 즐기고 있었다. 서두를 이유는 아무것도 없었다. 그는 눈에 띄는 행동을 하지 않기 위해 노력했다. 아무도 알아듣지 못하지만 욕설을 내뱉지 않으려고 조심했고, 바지를 둘둘 말아 걷어 올리는 행동도 하지 않았다. 아빠는 잘 모르는 것을 드러내는 것과 남들과 다른 행동을 하는 것을 싫어했다. 물론 싫어하기보다 두려워하는 쪽에 가깝겠지만. 서른 살쯤 되니 아빠가 두려워하는 것들이 보였다. 잘 몰라서, 남들과 달라서 무시당하는 것, 돈 없는 것, 가족이 아픈 것. 그는 이 세 가지 상황을 맞닥뜨릴 때마다 대체로 화를 냈고, 나는 아빠의 그런 반응이 분노의 표시가 아니라 두려움의 표출이었다는 사실을 알아채기 시작했다.

아빠는 친구들과 농담을 하고 담배를 피우고, 신문을 읽는 사람들을 구경했다. 그는 내게 프랑스 사람들은 조금 다르다고 말했다. 무엇이 다르냐고 물었을 때는 대답을 못 하고 얼버무렸다. 내게는 너무 익숙한 풍경이어서 '다르다'라는 말이 낯설게 들렸다. 내 눈에 그곳에서 가장 '다른' 사람은 아빠였지만, 나 역시 그 다름이 정확히 무엇을 말하는지 설명하기 어려웠다.

그는 내게 카페에 자주 가느냐고 물었다. 나는 고개를 끄덕였고, 그는 커피 한 잔과 맥주 한 잔 값을 물었다. 나는 대답 대신 뭐 그런 걸 자꾸 묻느냐고 짜증을 냈다.

그는 어디를 가든 '이건 얼마냐'고 물었고, 그 어렵지 않은
질문에 나는 자주 짜증이 났고, 카페에서는 살짝 울컥하기까지
했다. 아빠의 얼굴이 붉어졌지만 별다른 말은 하지 않았다.
내일 결혼식이 아니었다면, 아니 프랑스가 아니었다면
그는 화를 내고 혼자 집으로 돌아갔을 것이다. 그는 빈 잔만
만지작거렸다. 그곳에서 그가 혼자 할 수 있는 것은 아무것도
없었다.

　　우리는 맥주를 한 잔씩 더 마셨다. 이번에는 아빠가
얼마냐고 묻지 않았다. 옆자리에 오십대쯤 되어 보이는
여자들이 담배를 피웠다. 아빠는 웬 여자들이 저렇게 대놓고
담배를 피우냐고 혀를 찼고, 나는 '여자는 담배를 피우면 안
되냐'는 말이 입 밖으로 튀어나오는 것을 참으려고 맥주를
꿀꺽 삼켰다. 아빠를 설득하는 일은 번역 원고 20장을
작업하는 것보다 더 어려운 일이다. 아니다. 나는 단 한 번도
아빠를 설득해본 적이 없다. 거절과 통보 혹은 거짓말과
모른 척, 그것이 우리가 소통하는 방식이었다.

　　다행히 아빠는 내 결혼을 반대하지 않았다. 물론
반대했다고 하더라도 그의 의사와 상관없이 했을 것이다.
아니다, 결혼은 하지 않고 그냥 동거를 했을 것이다.
나는 내 인생에 대해 그와 상의해본 적이 단 한 번도 없다.
그도 그의 인생에 대해 나와 상의한 적 없었으므로.

　　상의를 했다면 조금 나았을까?

　　별로. 그 역시 나만큼 모르고, 나만큼 두려운 게 많은
미성숙한 어른일 뿐이다.

　　식구들이 맥주를 마시는 동안 나는 커피를 한 잔 시켰다.
내 손에 든 에스프레소 잔을 바라보던 그의 눈빛을 기억한다.
그날의 대화를 복기하면 다음과 같다.

"맛있냐?"

"응."

"무슨 맛이냐?"

"쓴맛."

"쓴 걸 왜 돈 주고 먹냐?"

"고소하기도 해. 먹어볼래?"

"내가 왜? 커피라고 쥐똥만큼 나오는 거 뭐 먹을 게
있다고."

그가 목소리를 높였다. 옆자리에 앉은 여자들이 우리가
싸우는 줄 알았던 모양인지 슬그머니 자리를 옮겼다.
그는 너무 커다란 목소리와 거친 말투 탓에 종종 화가 났다는
오해를 받기도 하고, 또 사실상 화를 잘 내는 사람이기도
하지만 그때는 아니었다. 오히려 조금 들뜬 것 같다고 해야
할까. 그것을 누르기 위해 화난 사람처럼 굴었을 뿐이다.
외국에 나왔다고 들뜬 티를 내는 것은 그에게 있을 수
없는 일이다. 그는 평소에 해외로 여행을 떠나는 사람들을
사치스럽게 봤고, 딸의 결혼식이 아니었다면 프랑스에
올 일은 없었을 것이라고 몇 번이나 말했다. 나는 그의
사고방식이 이상하다고 생각하지만, 굳이 이해하려 들지
않는다. 그를 이해하는 일은 세상에서 가장 어려운 책을
번역하는 것보다 더 어려울 것이다.

그는 에스프레소를 한 모금도 맛보지 않았다. 내가
배부르게 마시는 걸 보고 싶었을 것이다. 쥐똥만큼 나오는
커피인데. 모순이 넘치는 그의 사랑이 나는 조금 웃기고, 조금
슬프다. 아빠를 생각하면 그렇다. 조금 웃기고, 조금 슬프다.
그는 내게 결혼 선물로 에스프레소 머신을 사주겠다고
했다. 내가 에스프레소를 좋아한다는 것을 알았고, 그것을

해줄 수 있다는 것에 기분이 좋은 눈치였다. 나 역시 아빠가
에스프레소 기계를 사주면 좋겠다고 생각했다. 갖고 싶기도
했고, 오래 간직할 수 있을 것 같았기 때문이다.

다음 날, 아빠와 함께 파리 오페라에 있는 에스프레소
머신을 파는 가게에 갔다. 조지 클루니의 사진이 커다랗게
걸려 있는, 크고 세련된 가게였다. 결국 우리는 그곳에서
아무것도 사지 않았다. 나는 가격을 보고 우물쭈물하다가
나왔고, 아빠는 영어로 '무엇을 도와드릴까요?'라고 묻는
사람들 앞에서 어색하게 서 있다가 나왔다. 돈으로 주겠다고
했으나 받지 않았다. 그냥 그렇게는 받을 수 없을 것 같았다.
아빠와 처음 갔던 카페 이야기다.

그 후로는 아빠와 함께 다시 카페에 간 적은 없다.
아빠는 TV에서 에스프레소가 나오면 그때 그 카페를
이야기한다. 한 번도 마셔 본 적 없는 그 쥐똥만큼 나오는
커피를 알고 있다고 말한다. 나는 여전히 그 모습이
조금 웃기고 조금 슬프다.

혼자가 아닌 일요일

나의 일요일이 달라졌다. 이제 빨래방에 가지 않아도 된다. 혼자 카페에 가는 일도 없다. 함께 사는 남자가 세탁기를 돌리는 모습을 보며 달라진 삶을 실감한다.

어느 일요일, 우리는 세탁기를 돌리고 시장에 갔다. 그리고 빨래방 맞은편 카페가 아닌, 시장 옆 카페에 갔다. 혼자가 아니라 나와 함께 사는 남자, 그 남자의 가족과 함께였다. 무리 지어 몰려다니는 부족의 삶이 시작된 것이다.

시장 옆 카페는 매우 분주했다. 내가 이전까지 알고 있던 파리의 일요일과는 사뭇 달랐다. 파리의 일요일이란 집 밖의 삶은 존재하지 않는 요일인 줄 알았는데, 사람들이 거기 다 모여 있을 줄이야……. 테이블이 가득 찼다. 장바구니를 들고 화사하게 웃는 사람들이 가정적인 일요일을 보내고 있었다.

부족의 삶을 산 이후로 무리 지어 카페에 가는 일이 잦아졌다. 나와 함께 사는 남자는 매우 화목한 가정의 첫째 아들이고, 그의 식구들은 주말마다 가족의 화합을 위해 노르망디에서 파리까지 올라왔다. 때로는 시골에 사는 친척들이 오기도 했다. 그에게는 세 명의 작은 아버지와 세 명의 고모, 한 명의 이모가 있고, 그중 게이 삼촌 한 명을 제외하면 모두 결혼을 했으니, 그들의 배우자와 자식들 (그의 사촌들), 또 그 자식들의 자식들까지 대략 50명이 넘는 친척이 있다. 그러니 그들이 주말마다 번갈아 가며 파리에

오면, 1년 내내 침대에서 아무것도 하지 않는 일요일이란
존재하지 않는 요일이 되어 버리고만다. 그렇게 나는 진정한
부족의 삶을 살게 됐다. 물론 한국의 '시월드'와는 조금 달랐다.
나는 시가 식구들이 밥을 먹는 동안 혼자 뭔가를 나르며
열심히 뛰어다니거나 음식을 먹다가 벌떡 일어나 그다음 코스,
디저트나 커피를 준비해본 적이 없다. 식구들이 모인 자리에서
해야 할 일들—요리, 설거지, 정리—은 가족끼리 공평하게
분담했다. 그럼에도 불구하고 그 '무리 지어 다니는 삶'은 내게
적지 않은 당황과 스트레스를 안겨 줬다.

　　카페에서 입꼬리가 아프게 미소를 짓는 내 모습은 어쩐지
나답지 않다. 치즈와 빵, 파가 든 봉투를 들고 있는 손도
어색하다. 무엇보다 공백 없는 대화는, 침묵의 틈이 없다(나의
부족들은 활발하고 유쾌하고 말이 많다). 대화에 참여하고자
노력했으나 금세 지쳤다. 친절한 그의 어머니가 "괜찮니?"
라고 10분에 한 번씩 묻는 것도 민망하고 부담스러웠다.
대학에서 연극을 전공했는데, 그렇게 연기가 안 되다니.
정신을 똑바로 차려야 한다. 미소를 정비해야 한다.
그러나 정신은 아득히, 아주 먼 옛날로 향했다. 혼자 카페에
앉아 아무 말 하지 않았던 시간들, 조용했던 일요일,
차분하고 아름다웠던 나의 고독이여, 안녕.

　　나의 부족이 아침 드라마에서나 볼 법한 못된 시가
식구들이었다면, 그래서 내게 부당하고 예의 없는 요구를
했다면, 나는 미련 없이 이 부족을 탈퇴했을 것이다.
그러나 나와 함께 사는 남자의 가족들은 친절하고 좋은
사람들이다. 그들은 내게 특별한 것을 요구한 적이 없다.
그들은 그저 가족이 된 나와 함께 시간을 보내고 싶어할
뿐이다. 싱싱한 고기와 생선을 보며 기뻐하고, 카페에 앉아

점심으로 먹을 메뉴를 고심하고, 디저트를 함께 고르고,
오래(아주 오래, 약 5시간 정도) 함께 식사하는 것,
그게 그들이 원하는 전부였다. 그러니 이상한 것은 나였다.
사회화가 덜 된, 공동체 생활에 알레르기가 있는 나.

혼자 있는 것을 좋아하는 사람인 줄은 알았지만,
그 정도로 단체 생활에 문제가 있을 줄은 몰랐다.
친구, 지인이라면 함께 있는 몇 시간 동안 유쾌한 사람인 척
최선을 다하고 헤어져 돌아오면 그만이지만, 가족은 달랐다.
2박 3일 길게는 일주일까지 잠자는 시간을 제외하고 누군가와
함께해야 하는 일이 나는 미치도록 피로했다.

웃기지 않으면 웃지 않고, 말하기 싫으면 말하지 않고,
밥을 먹기 싫으면 먹지 않고 싶었다. 그리고 무엇보다 타인의
눈에 비친 너무 예민한 나를 자각하는 일을 그만두고 싶었다.
한 남자와 같이 살기로 했을 뿐인데, 그의 인생뿐 아니라
그의 가족의 삶까지 떠안는 일은 조금 부당하게 느껴졌다.
그리고 그런 생각 끝에는 어김없이 이런 질문이 찾아왔다.
그러니까 나는 과연 결혼을 잘한 것일까?

커피를 마시며 결혼이란 무엇인가를 생각하느라 미소를
점검하는 일을 잊었다. 너무 상냥한 나의 부족들이 슬슬 내
눈치를 보기 시작했다. 나도 이런 내가 정말 꼴 보기 싫다.

"이제 갈까?" 나를 배려한 그가 물었다.

"조금 더 있다가 가자. 뭐 한 잔씩 더 마실까요?"

마음에도 없는 소리를 했다. 노력하고 싶었다.

가족들의 얼굴이 환해졌다. 그의 어머니가 내게 윙크를
하며 샴페인을 주문했다. 샴페인이라면, 귀가 솔깃했다.
나는 샴페인을 좋아한다. 그리고 그의 어머니는 내게
샴페인을 사주는 유일한 사람이다. 그녀와 나는 초여름,
생마르탱 카페 테라스에 앉아 샴페인 두 병을 해치우고

기분 좋게 취해 어깨동무를 하고 집에 돌아온 일도 있다.
우리의 우정은 그녀의 아들 앞이 아니라 샴페인 앞에서 더욱
빛난다. 내게 아주 좋은 샴페인이 한 병이 있다면, 나는 다른
사람이 아닌 그녀와 그 술을 마실 것이다. 그러니 그녀를
'엄마'라고 부르는 저 말 많은 녀석만 제친다면.

　　나는 노력의 방식을 바꿔보기로 했다. 피 한 방울 섞이지
않은 사람들을 만나 어느 날 갑자기 가족이라 부르며,
가족애를 느끼지 못한다고 나를 다그치는 일을 그만두기로
했다. 가족은 하루아침에 만들어지지 않는다. 밉고 고운
마음을 나눌 시간이 필요하다. 우리만의 이야기가 있어야
한다. 그런 것은 결혼 서약서에 서명하거나, 내 성이 남편
성으로 바뀐다고 되는 일이 아니다. 나는 그의 가족이 됐지만,
그의 가족과는 남이라는 사실을 받아들이기로 했다. 이 부족
생활에 있어 내게 필요한 것은 부족을 만족시킬 행동이 아닌,
부족 안에서 내가 즐길 수 있는 무언가를 찾는 것이었다.
그러니 그 일요일에 내가 할 수 있은 일은 무엇이었겠는가?
샴페인을 신나게 마시는 것, 그것이 전부일 뿐. 그날 우리는
또 샴페인 두 병을 마셨다.

　　그의 가족과 한 부족이 된 지 8년이 넘었지만,
나는 여전히 이 부족 생활이 어렵다. 당장 내년에 프랑스에
가면 시가에서 한 달 동안 머물러야 하는데, 그 한 달을
생각하면 살짝, 아주 살짝 머리가 아프다. 그러나 그런 고민이
시가이기 때문이 아니라, 내가 누군가와 함께 지내는 일이
익숙하지 않은 사람이기 때문이라는 것을 안다. 피를 나눈
가족이든, 친구든 마찬가지다. '누군가와 함께'는 여전히
내가 노력해야 할 부분이고, 지금은 균형을 찾아가는 중이다.
내게 혼자 있는 시간을 허락하면서 동시에 나를 고립시키지

않는 법을 배워나가고 있다. 나라는 섬에 찾아오는 배들을
맞이하는 법과 연결된 섬으로 사는 법에 대하여 알아가는 것,
그것이 마흔을 맞이한 나의 숙제다.

그러나 그 모든 배움과 노력에도 불구하고 한 가지
확실한 것은 카페에는 혼자 가고 싶다는 것.

요즘은 같이 사는 남자와 나의 사랑스러운 반려견을 피해
혼자 카페에 간다.

몽마르트르의 어느 카페에서

유치원 아이들이 꽃 한 송이씩 손에 쥐고 카페 앞을 지나간다.
선생님은 저기 멀리, 사크레쾨르를 향해 가고 있다.
"마드무아젤, 당신에게 주는 선물이에요."
흑인 남자아이 한 명이 내게 꽃을 내민다.
새까만 피부와 커다란 눈이 얼마나 아름답던지.
보답의 의미로 가방 속에 있던 킨더 초콜릿을 아이에게 건네본다.
초콜릿을 받은 아이가 활짝 웃는다.
까만 얼굴에 하얀 치아가 반짝인다.
아이는 손에 초콜릿을 쥐고 선생님을 찾아 달린다.
햇빛이 좋다.
살다 보니 이런 날도 있네.

멀리 있는 카페

컴컴한 길을 달렸다. 동트기 전에 도착해야 해가 뜨는 것을
보며 커피를 마실 수 있다. 너무 어두운 길은 일행의 말을
잃게 만들었다. 어둠은 소리를 먹는다. 사방이 고요했다.

　　좋아하는 카페는 파리에서 멀리 떨어진 곳에 있었다.
프랑스 중부에 있는 한 시골 마을의 돌집에서 하룻밤을
머물고 다음 날 이른 새벽, 그곳을 향해 달렸다. 전날에 저녁
식사를 하며 '멧돼지가 출몰하는 길'이라는 말을 들었는데,
그때는 웃어넘겼지만, 막상 새까만 어둠 속에 있으니
어디선가 멧돼지가 달려들 것만 같아 불안했다. 호주에 가면
도로 한복판에 매우 폭력적인 캥거루가 튀어나온다고 한다.
이곳은 멧돼지다. 일행 중 한 명이 멧돼지의 공격을 받아
차가 부서진 일이 있다고 했다. 그 힘이 엄청나서 생명의
위협을 느꼈다고 한다. 나는 멧돼지를 조심하는 법에 대해
생각했다. 멧돼지를 조심하려면 멧돼지가 나오는 길을 가지
않으면 그만이다. 멧돼지 때문에 갈 수 없는 길이 생기다니,
그런 핑계는 조금 우습다. 차라리 멧돼지를 만날 위험을
감수하겠다. 매일 모든 길을 위험을 감수하며 걷는 것처럼.

　　다행히 멧돼지는 나타나지 않았고, 해가 뜨기 전에
그곳에 도착할 수 있었다. 5월에도 겨울 점퍼를 입은
사람들이 눈에 띄었다. 나 역시 두꺼운 점퍼를 입고 있었다.
재수가 좋으면 혹은 재수가 나쁘면 5월에도 눈을 볼 수 있는

곳이다. 아름다운 눈을 보고 엘사가 된 기분을 느꼈다면
재수가 좋은 것이고, 폭군 같은 눈을 만나 그곳에 고립된다면
재수가 없는 것이다. 일 년 중 8, 9개월 동안 눈으로 덮여
있는 그곳은 7, 8월이 되어야 겨우 눈이 녹는다. 만년설은
아니지만, 눈은 오래 그곳에 남아 있다. '눈 오는 날 만나자'
라는 말이 너무 먼 약속이 되어 버리는 계절에도.

눈을 밟으며 길을 걸었다. 너무 두꺼운 눈은 발이 푹푹
빠지거나 뽀드득 소리 같은 낭만을 만들지 않는다. 얼음처럼
흔들림이 없다. 완전히 녹으려면 오랜 시간이 필요하다.
그런 눈에는 낭만은 없지만 경외가 있다. 가장 연약한 존재가
거대한 산을 그토록 오래 덮고 있다는 것만으로도.

산세는 험하지 않았다. 숲을 지나 오르막길이 나왔으나
경사는 완만한 편이었다. 한참을 걸었던 것 같은데 일행 중
그곳을 잘 아는 사람은 이제 겨우 입구를 지난 것이라고 했다.
얼마나 커다란 입을 가졌길래. 해가 뜨기 전에 부지런히
걷기로 했다. 지나간 겨울 속으로 되돌아가는 기분이었다.
얼마나 걸었을까,

"해가 뜬다."

누군가 말했다. 우리는 근처에 앉을 만한 장소를 찾았다.
마침 걸터앉기 좋은 바위가 있었다. 엉덩이가 차가운 것은
어쩔 수 없지만, 눈밭이 아닌 게 어딘가. 우리는 그곳에
배낭을 풀었다. 거기 작은 카페가 있었다.

페루산 커피와 하몽과 에멘탈 치즈, 버터를 넣어 만든
바게트 샌드위치가 있는 카페. 커피값은 발에 물집 잡히도록
힘주어 걸은 걸음이다. 텀블러 뚜껑에 커피를 담자 공기
중에 허연 김과 커피 향이 퍼졌다. 찬 공기 때문인지, 페루산
커피가 신선했는지, 나이를 알 수 없는 커다란 나무 덕분인지,
커피에서 한 번도 맡아 본 적 없는 숲 향기를 느꼈다.

일행과 샌드위치를 나눠 먹었다. 과일을 가져온 사람, 브리오슈와 바게트, 치즈를 싸 온 사람, 따뜻한 버섯 수프를 텀블러에 담아온 사람도 있었다. 순식간에 푸짐한 한 상이 차려졌다. 맞은편 능선에서 해가 올라오고 있었다. 짙은 보라색 물감을 풀어놓은 듯한 하늘에 오렌지색 빛이 조금씩 번지더니 순식간에 하얀 세상이 눈앞에 나타났다. 하얀 능선은 참을성 있게 또 다른 산맥으로 이어져 먼 곳까지 뻗어 나갔다.

그 광경에 대해서는 태어나서 한 번도 본 적 없는 풍경이었다고밖에 설명할 수 없다. 새하얀 땅 위에 우뚝 솟은 나무들, 끝이 보이지 않는 산. 하얀 이불 속에서 다시 깨어나길 기다리는 세계가 그곳에 있었다. 모두 핸드폰을 꺼내 사진을 찍었지만 작은 프레임 안에 담길 리가 있을까. 다들 자신의 사진에 만족하지 못하고 핸드폰을 내려놓았다. 그리고 다시 바위에 걸터앉아 말없이 하얀 세상을 바라봤다.

나는 카뮈가 말한 "태양의 폭력적인 맥박과 하나가 되는 곳, 세계와의 혈연관계가 실감되는 영혼의 고향"을 찾은 것 같았다. 다시 태어난다면 그곳에서 능선을 타는 사람이 되고 싶었다. 한참의 침묵을 깨고 일행 중 누군가 홀린 듯 말했다.

"나는 참 아무것도 아니다."

무엇도 덧붙일 수 없는 말에 모두 가만히 숨죽이고 있었다. 우리는 눈물이 그렁그렁해진 옆 사람의 등을 서로 두드렸다. 그때 나는 사람의 등이 그렇게 따뜻한 것임을, 그렇게 연약한 것임을 처음 알았다. 마주한 모든 것을 끌어안을 수 있을 것 같았다. 안기고 싶은 마음이 아니라 안아주고 싶은 마음이 내게 찾아왔다. 처음 있는 일이었다.

그날 그 커다란 카페에서 나는 살고 싶은 세상과 삶에

대해 생각했다. 가보지 않은 세계를 향한 호기심과 꾸준한 발걸음, 때로는 혼자 또 때로는 함께 걷는 걸음, 안아주고 안기는 사람, 나는 커다란 세상에서 작게 살고 싶었다. 참 아무것도 아닌 사람으로.

오랜만에 옷장에서 배낭을 꺼냈다. 멀리 갈 수 없는 마음을 멀리 다녀온 것들을 쓰다듬으며 달랜다. 곰팡이가 핀 그 배낭은 프랑스의 눈 덮인 산을, 유럽 전역을 함께했던 것이다. 깨끗이 빨아 햇볕에 널며 그 가방에게 찾아올 다음 생을 가늠해본다. 마스크를 벗고 국경을 넘는 날이 또 올까? 속이 텅 빈 배낭에 여전히 어떤 흔적이 남아 있는 것 같다. 한때 거기 작은 카페가 있었는데…… 갈 수 없는 몸은 여기 두고 기억만 먼저 보낸다. 기억은 내 작은 카페를 등에 지고 저기 멀리, 눈 덮인 능선을 오래 걷다 오기를.

에필로그:
카페에 가지 않아도 되는 이유

카페에 꼭 가야 할 이유는 없다. 나는 장소보다 커피가
필요한 사람이다. 오래전부터 내게 커피는 기호 식품이 아닌
생필품이었고, 감성의 영역이 아닌 이성의 영역, 맛보다는
기능이었다. 오늘 아침, 집에 커피가 없었다면, 나는 지금
이 글을 쓰는 대신에 커피를 마셔야 한다는 일념 하나로
편의점을 찾아 거리를 헤매고 다녔을 것이다(한국에는 일찍
문을 여는 카페가 없으니까).

　독립한 이후로 내가 사는 곳에 커피가 떨어지는 일은
단 한 번도 없었다. 만약의 사태를 준비하는 마음으로, 인간이
최소한의 존엄성을 지키는 데 필요한 두 가지, 화장지와
커피만큼은 언제나 찬장 안에 쟁여 놓고 있다. 드립 커피, 티백
커피, 커피 믹스, 캡슐 커피, 프렌치 프레스용 원두커피, 종류도
다양하다. 몇 개는 가방 안에 넣어 다니기도 하는데, 언제
어떻게 떠날 일이 생길지 모른다는 강박 때문이다. 전 세계
어디에 가도 카페 없는 곳이 없다는 것을 알고 있지만, 굳이
커피를 챙겨 다니는 이유는 딱 하나다. 나는 잠옷 차림으로
인간답지 않은 몰골을 하고 세상을 등지며 커피를 마시는
원시적인 시간이 필요한 사람이기 때문이다. 눈을 반밖에 뜨지
않았을 때, 낯선 이의 얼굴을 봐야 하는 일은 괴롭다. 아침에는
되도록 아무도 보고 싶지 않다. 그러니 카페보다는 모두가
잠든 이른 아침, 혼자 커피를 마시는 시간이 절실하다.

일할 때도 마찬가지다. 코로나 19로 사회적 거리 두기 강도를 높이고 있는 이 시국에 나만큼 적합한 사람이 있을까? 나는 매일 핑크색 수면 바지를 입고 수면 양말을 신고, 주방에 들러 진한 커피 한 잔을 테이크아웃한 후, 서재로 출근한다. 그리고 서재에서 거실 소파로 퇴근한다.

한때는 나도 카페에서 일하는 삶을 동경했다. 온종일 수면 바지를 입고 있는 삶을 청산하고자 노트북을 들고 마음에 드는 카페를 찾아 헤매기도 했다. 그러나 어떤 노력에도 내 것이 아닌 것은 내 것이 아니다. 나와는 맞지 않는 라이프 스타일이다. 마음에 드는 카페를 찾는 노력도, 무거운 노트북을 들고 걷는 시간도, 무엇보다 양반다리를 하고 앉을 수 없다는 것이. 게다가 파리의 기술자들은 어떠한가? 그들은 공항, 길, 지하철, 관광지, 카페에서 언제나 당신을 주시하고 있다. 언젠가 지인이 카페에서 논문을 쓰다가 노트북을 도둑맞은 일이 있었다. 잠시 화장실에 다녀온 사이에 감쪽같이 사라졌다고 한다. 작업물을 백업하지 않아서 2년 동안 쓴 논문을 날린 지인이 목놓아 울던 울음소리가 지금도 생생하다 (외장 하드 시대였다). 나였다면 어땠을까? 노트북을 훔쳐 간 놈을 찾는데 나의 20년을 바쳤을지도 모른다. 2년 동안 쓴 원고가 사라지다니…… 그 사건 이후, 파리의 카페에서 마음 편히 화장실에 간 적이 없었다. 한국에 돌아온 지 꽤 됐지만 여전히 그 의심증은 남아 있다. 유럽이 내게 남긴 고질병이다.

요즘에야 파리와 서울의 카페 풍경이 비슷하다지만, 예전에는 파리의 카페에서 일하는 사람을 쉽게 볼 수 없었다. 일과 휴식을 분명하게 구분 짓는 프랑스 문화 때문이 아니었을까. 카페는 휴식의 장소이니까. 어느 날 프랑스 친구가 카페에 일하러 간다는 내게 '넌 집에서도 일하고 카페에서도 일하면 어디서 쉬니?'라고 물었던 적이 있다. 그냥 하는 말이었을 텐데, 그 질문에 대답하는 게 얼마나 곤혹스러웠던지. 그러게, 나는 정말 어디서 쉬어야 하나?

우리가 아는 프랑스 작가 중에도 카페가 아니라 '집'을 집필 장소로 꼽은 사람들이 꽤 많다. 마르그리트 뒤라스, 아니 에르노, 롤랑 바르트. 모두 다른 곳이 아닌 집에서 글을 쓴 사람들이다. 그러고 보니 그들이 카페에서 원고를 쓰는 모습은 상상이 되질 않는다(롤랑 바르트를 제외하고*). 특히 지브리 스튜디오 OST가 나오는 카페라면.

지브리 스튜디오 OST 음악이 온종일 무한 반복 재생되는 카페에서 일해본 적이 있다. 어느 순간 이웃집 토토로 노래가 몇 번 나왔는지 세고 있는 나를 발견하고, 그대로 가방을 챙겨 집으로 돌아왔다. 청각의 힘이란 얼마나 센가! 토토로의 여파가 지금도 남아 지브리 스튜디오와는 잠시 거리를 두는 중이다. 그런 점에서 음악을 틀지 않았던 파리의 몇몇 카페들은 내게 조금 더 휴식에 가까웠던 것 같다. 음악이 없는 공간은 사람이 아무리 많아도 비어 있는 느낌을 주는데, 그 '비어 있음'이 숨통을 트이게 한다. 한국은 거의 모든 카페에서 음악이 나오니 집중력이 부족한 나 같은 사람에게는 곤혹스러운 일이다. 음악 취향이 맞으면 일 따위는 그만두고 음악을 들으며 쉬고 싶고, 음악 취향이 맞지 않으면 일 따위는 그만두고 아무 소리도 나지 않는 곳으로 달아나고 싶어지니. 이렇게도 저렇게도 일을 하고 싶지 않으니 먹고 살려면 카페에 가지 않는 편이 나을 것이다.

---

* 롤랑 바르트는 카페를 좋아했고, 카페에서 글을 쓰기도 했지만, 1973년 9월 27일 〈르몽드〉와의 인터뷰에서 자신의 집필 장소를 파리 자택의 침실이라고 밝혔다. 이유는 '구조' 때문. 과연 구조주의자(structuraliste)답다.

그러나 이 모든 이유에도 불구하고 나는 카페에 간다. 그 비합리적인 선택을 설명하자면, 그건 아마도 혼자서, 혼자인 채로 테이블만큼의 거리를 두고 타인과 함께 있고 싶은 마음일 것이다.

파리에 사는 내내 혼자이기 싫은 날, 혼자서 카페에 갔다. 운이 좋으면 대화를 말끔하게 이끄는 카페 주인을 만나 부담 없이 날씨 이야기를 할 수 있었고, 같은 작가의 책을 읽는 사람과 눈이 마주치면 가벼운 눈인사를 건넬 수도 있었다. 또 혼자 커피를 마시면서 거리를 바라보는 사람을 보면 아, 당신도 외롭구나, 그렇게 동지애를 느꼈다. 무엇보다 커피 한 잔을 마시는 시간만큼은 세상과 부대끼지 않고 세상 속에 머물 수 있었다. 그러니 나는 그 정도의 거리가, 그 정도의 삶이 좋은 것 같다. 옆 테이블에 앉은 이의 온기를 느끼며, 옆 테이블로 넘어가지 않고 내 몫의 커피를 맛있게 마시는 삶.

지금 그 어느 때보다 더 카페에 가고 싶다.

신유진

작가, 번역가.

산문집 『창문 너머 어렴풋이』『열다섯 번의 낮』『열다섯 번의 밤』,
소설집 『그렇게 우리의 이름이 되는 것이라고』를 지었다.
아니 에르노의 『세월』『남자의 자리』『진정한 장소』『사진의 용도』와
에르베 기베르의 『연민의 기록』을 우리말로 옮겼으며,
프랑스 산문선 『가만히 걷는다』를 엮고 옮겼다.

카 페 소 사 이 어 티 ❶ 뉴욕

카운터 일기 : 당신이 두고 간 오늘의 조각들
✍ 이미연

뉴욕 브루클린의 한 카페에서 바리스타로 일하는 저자가 카운터에서
기록한 4년간의 일기를 묶은 에세이. 카페를 방문하는 손님을 저마다
개성 있는 한 알의 커피콩으로 바라보는 저자 특유의 따뜻하고 유쾌한
시선이 60편의 짤막한 에피소드에 담겨 있다.

카 페 소 사 이 어 티 ❷ 서울

단골이라 미안합니다 : 커피 생활자의 카페 감별기
✍ 이기준

카페 없이는 하루도 살 수 없는 그래픽 디자이너 이기준이 그만의
이상하고 매력적인 카페 취향을 풀어놓는다. 카페에서 마신 커피의 맛,
우연히 마주친 이웃들의 모습, 흘러나오는 음악, 화장실에서 마주친
최악의 상황까지.

카 페 소 사 이 어 티 ❸ 파리

몽 카페 : 파리에서 마주친 우연의 기록
✍ 신유진

이십대와 삼십대의 대부분을 파리에서 보낸 저자가 기록한 파리 풍경.
파리를 말할 땐 한국인이었다가 한국을 말할 땐 파리지엔느가 되기도
하는, 어디에도 속하지 않는 경계인의 시선이 느껴진다.

카 페 소 사 이 어 티 ❹ 도쿄(출간예정)

✍ 안은별

몽 카페: 파리에서 마주친 우연의 기록

1판 1쇄 펴냄 2021년 3월 12일
1판 5쇄 펴냄 2024년 3월 20일

지은이 신유진
편집 최선혜
사진 신승엽
디자인 나종위
인쇄 및 제책 세걸음

펴낸이 최선혜
펴낸곳 시간의흐름
출판등록 제2017-000066호
주소 서울시 마포구 토정로 33

Email deltatime.co@gmail.com
ISBN 979-11-90999-05-2 04810
ISBN 979-11-965171-3-7(세트)

이 책의 일부 또는 전부를 재사용하려면
반드시 저작권자와 시간의흐름 양측의
동의를 얻어야 합니다. 파본은 구입처에서
교환해드립니다.